Strasbourg doğumlu **Elif Şafak**, çocukluğunu ve gençliğini Ankara, Madrid, Amman, Köln, İstanbul, Boston, Michigan ve Arizona'da geçirdi. ODTÜ Uluslararası İlişkiler Bölümü'nü bitirdi, yüksek lisansını aynı üniversitede Kadın Çalışmaları Bölümü'nde, doktorasını ise Siyaset Bilimi alanında tamamladı. Türkiye, ABD ve İngiltere'de [üniversitelerde] öğretim üyesi olarak dersler verdi. 2018 yılında Oxford Üniversitesi'nde Karşılaştırmalı Avrupa Edebiyatı Weidenfeld Kürsüsü'ne misafir öğretim üyesi olarak edebiyat ve sanat seminerleri vermek üzere seçildi.

İlk kitabı *Kem Gözlere Anadolu* (öykü) 1994'te yayımlandı. İlk romanı *Pinhan*'la 1998 Mevlânâ Büyük Ödülü'nü aldı. Bunu, *Şehrin Aynaları* (1999) ve Türkiye Yazarlar Birliği Ödülü'nü kazandığı *Mahrem* izledi (2000). Ardından her ikisi de çok satan ve geniş bir okur kitlesine ulaşan *Bit Palas* (2002) ve *Araf* (2004) yayımlandı. *Med-Cezir*'de (2005) kadınlık, kimlik, kültürel bölünme, dil ve edebiyat konulu yazılarını topladı. 2006'da senenin en çok okunan kitabı olan *Baba ve Piç* yayımlandı. Ardından aylarca satış listelerinden inmeyen ilk otobiyografik kitabı *Siyah Süt*'ü yazdı. Doğan Kitap tarafından 2009 Martı'nda yayımlanan *Aşk*, Türk yayıncılık dünyasında önemli bir rekora imza atarak, en kısa sürede en çok satan roman oldu, yayımlandığı günden bu yana 1 milyona yakın sattı.

Tüm eserlerinden seçkiler niteliğinde olan *Kâğıt Helva* (2009), gazete yazılarından derlediği *Firarperest* (2010), İngiltere'ye göç etmiş Türkiyeli bir ailenin dramını anlattığı *İskender* (2011), yine gazete yazılarından derlediği *Şemspare* (2012), 16. yüzyıl İstanbulu'nu kaleme aldığı *Ustam ve Ben* (2013) ve *Havva'nın Üç Kızı* (2016) romanları Doğan Kitap tarafından yayımlandı, *Havva'nın Üç Kızı* yılın en çok okunan romanı oldu.

2010 yılında Fransa'nın Sanat ve Edebiyat Şövalyesi nişanına layık görülen, eserleri kırk sekiz dile çevrilen ve *The New York Times, The Washington Times, The Financial Times, The Guardian, Le Figaro* gibi önde gelen yayın organlarında hakkında çok sayıda edebi inceleme yazısı çıkan; aynı zamanda uluslararası basında makaleler yazan Elif Şafak'ın romanları, Penguin, Random House, Rizzoli, Flammarion, Kein&Aber gibi dünyanın en önemli yayınevleri tarafından yayımlanmaktadır.

Şafak, Margaret Atwood ile birlikte, Norveç merkezli Future Library'ye (Geleceğin Kütüphanesi) 100 yıl sonra okunmak üzere eser bırakacak yazarlar arasında seçilmiştir. Londra ve İstanbul'da yaşamaktadır. Eserlerini İngilizce ve Türkçe yazmaktadır.

Huban Korman, 1959'da İstanbul'da doğdu. 1983'te İstanbul Devlet Güzel Sanatlar Akademisi'nin (bugün Mimar Sinan Güzel Sanatlar Üniversitesi) Grafik Bölümü'nden mezun oldu. Reklam ajanslarındaki çalışmalarını sürdürürken çok sayıda çocuk kitabı resimledi, pek çok çocuk dergisi için desenler yaptı. 2008'de illüstrasyon dalında Uluslararası Çocuk Kitapları Kurulu (IBBY) Onur Listesi'ne alınan Huban Korman'ın tasarımını yaptığı *İzmir'de Üç Çocuktuk* adlı kitap, Çocuk ve Gençlik Yayınları Derneği (ÇGYD) tarafından 2010-Yılın En İyi Çocuk Kitabı Tasarımı Ödülü'ne değer görüldü. Resim de yapan ve çeşitli ödüller almış olan Korman, İstanbul'da yaşıyor.

Sanma ki Yalnızsın

SANMA Kİ YALNIZSIN

Yazan: Elif Şafak
Editör: Handan Akdemir

Bu kitaptaki yazılar *Habertürk* ve *Hürriyet* gazetelerinde, *Kara Karga* dergisinde yayımlanmıştır.

1. baskı / Nisan 2018 / ISBN 978-605-09-5146-2
Sertifika no: 11940

Kapak tasarımı: Yiğit Karagöz
Kapak ve kitap içi illüstrasyonları: Huban Korman
Baskı: Mega Basım Yayın San. ve Tic. A.Ş.
Cihangir Mah. Güvercin Cad. No: 3/1
Baha İş Merkezi. A Blok Kat: 2
34310 Haramidere-İstanbul
Tel. (212) 412 17 00
Sertifika no: 12026

Doğan Egmont Yayıncılık ve Yapımcılık Tic. A.Ş.
19 Mayıs Cad. Golden Plaza No. 3, Kat 10, 34360 Şişli - İSTANBUL
Tel. (212) 373 77 00 / Faks (212) 355 83 16
www.dogankitap.com.tr / editor@dogankitap.com.tr / satis@dogankitap.com.tr

Sanma ki Yalnızsın

Elif Şafak

DK
DOĞAN
KİTAP

İçindekiler

Gönüllü sürgün, gönülsüz gurbet

Romancılar, etten kemikten, duygusal zekâ ve hassas bir yürekten, derine kök salmış kompleksler ve hudut tanımayan bencillikten; sürekli bir arayış, ölümsüzlük sevdası ve huzursuz bir hayal gücünden müteşekkil tuhaf varlıklar.

Katman katman, çık çıkabilirsen içinden.

Küçümen Tanrılarız biz, yani kâğıt üzerinde, kitap arasında. Hayatlar çizer, karakterler yaratırız; öyle zannederiz. Talepkârız. Hem de nasıl. Takdir ve övgü bekleriz, gizlice. Etrafımızdakiler bize meftun ve hayran olsun isteriz, bunun nafile bir istek olduğunu bile bile. Evrenin merkezindeyiz ya. Bekleriz. Bekleyişimiz hiç bitmez. Hep bir sonraki adımı, öte aşamayı düşleriz. Bilmeyiz ki bize bunca ilham veren o engin hayal gücümüz aynı zamanda hem zehrimiz, hem panzehrimiz. Hikâyeler hikâyeleri doğurur. Hiçbir zaman yazdıklarımızla tatmin olmaz, hep bir sonrakini düşleriz. Yetinmeyi bilmeyiz. O yüzden pek birbirimizi sevmeyişimiz. Birbirimizin aynasında kendi suretimizi görmemizden. Romancı taifesi, edebiyattan beslenmez bir tek. Başka alanlardan feyiz alır. Ne psikolojiye kayıtsız kalabilir. Ne din felsefesine. Ne tarihe. Ne bilime. Ne sosyolojiye. Ne de (ve bilhassa bizimki gibi ülkelerde) siyasete. Romancının işi empati kurmak. "Biz" ve "Onlar" arasındaki o çetin mesafeyi katbekat azaltmak.

Kenarda duranlara ses, sesi çıkmayanlara soluk vermek. Unutulanları hatırlatmak.

Bilinç ve vicdan erozyonlarında tutunacak dallar sunmak. Merkez-kenar ilişkisini ha bire sorgulamak. Öteki'ni anlamak. Mağdurdan yana olmak. Azınlıktan yana durmak, az ve ayazda olandan. Hiç ama hiçbir limana, kolektif aidiyete demir atmamak. Romancı dediğin ayrıntılara bigâne kalamaz. Zira işi nüanslarla. Kaba genellemelerden uzak durup, bit kadar detaylarla hayatı renklendirmek durumunda. Romancının işi denizcilik biraz da. Çıkarmak okurunu, o sıcak, rahat, tanıdık kozasından; beklenmedik bir yolculuğa davet etmek, nasıl sonlanacağı belirsiz bir seyrüseferde, dalgalarla boğuşturmak, korsanlarla kapıştırmak, görülmemiş maceralara atmak. Romancının derdi hayatı anlamak, anlaşılmayanı anlatmak, görünmeyeni göstermek. Kâh kandil ışığında; soluk, sarı. Kâh floresan lambasında, çığırtkan bir beyaz altında. Romancının meselesi kendini ha bire başka insanların yerine koymak; kendi olmaktan çıkıp, "ben"den uzaklaşmak. Romancının kaderi başladığı noktadan fersah fersah ötelere savrulmak. Varmak karşı kıyılara. Kaybolmak. Romancının en büyük sınavı aslında var olmamayı başarmak.

Velhasıl, herkesçe sevilmek isteyen, sevgiye muhtaç insanların yapacağı iş değil yazarlık. Akıl kârı, hesap işi, mantık ürünü değil. Yazar olmak demek, sevilmemeyi, anlaşılmamayı, didiklenmeyi göze almak demek. Bunların hepsini zaman içinde gördüm, kabullendim. Lakin bu hayatta tek bir insan tiplemesini kavramakta zorluk çekmekteyim: KEK. Yani "Kendinden Eminler Kulübü". Bakıyorum da en çok kafası karışık insanların yanında rahat ediyorum. Çorabında bir delik, ruhunda arıza, zihninde tereddütler olanlar. "Kış ruhu" insanları... Sürgünün bir mevsimi olsa, ne olurdu sizce? Her şeye rağmen umut dolu çiçek açan ilkbahar mı, hüzün ve melankoli yüklü sonbahar mı? Edward Said o müthiş kitabında* "kış ruhu" diye tanımlar sürgünü. Bir varoluş biçimini anlatır. Sürgün zorunlu yahut "gönüllü" olabilir. Kişiye dışarıdan dayatılmış veya kişinin kendi kendisine dayattığı bir yük şeklinde tezahür edebilir. Sürgünde kazanımlar elde edebilirsiniz; payeler, takdirler, unvanlar, güzellikler. Lakin hep bir eksiklik duygusu, hep bir yarım kalmışlıkla baltalanır bu hal. Anlatamazsınız kimseye. Dizilir boğazınızda kelimeler. Bir yerleşikler vardır bu dünyada. Bir göçmenler. Bir de sürgünler. Öyle der Edward Said. Kanımca bunu fiziksel/coğrafi olarak da algılamak mümkün, zihinsel/entelektüel olarak da. Yerleşikler, kendi doğrularına merbut, dogmalarına hayran insanlar. Yani Kendinden Eminler Kulübü'nün mağrur üyeleri. Göçmenler ise zaman içinde değişmiş ama kolay kolay bir daha değişemeyecek olanlar. Yani geçmiş ile bugün arasına net çizgi çizenler. Değişimi bir aşamada durduranlar. Sürgünler ise ha bire hareket halinde olan, bir yere, bir kimliğe, bir aidiyete yerleşme özürlüler, mütereddit ruhlar.

Nereye giderlerse gitsinler bir türlü varamayanlar...

* *Entelektüel -Sürgün, Marjinal, Yabancı*, Edward Said, çev: Tuncay Birkan, Ayrıntı Yayınları, 2004.

Sessizliğe kulak vermek

Şehr-i şehir İstanbul'da bir öğleden sonra bir taksiye bindim. Kapıyı kapatmamla bir oldu sormam: "Rica etsem radyoyu açar mısınız?" Taksi şoförü şaşkın, aynadan şöyle bir süzdü. "Valla ablacım, on senedir bu meslekteyim; ilk defa arabaya biner binmez böyle soran bir ablayla karşılaşıyorum. Hani beyler tamam da, genelde hanımlar radyonun sesini kısmamı isterler."

Ardından bir daha baktı dikkatlice aynadan. İnsan sarrafı, kim bilir kaç çeşit müşteri görüyor her gün; anlamaya çalıştı belli ki, bu kadın ne dinler acaba. Pop mu? Türkü mü? Yahut Türk sanat müziği mi? Yoksa haberleri mi açmalı? Çözememiş olmalı ki sorma gereği duydu: "Hangi kanal olsun?" "Fark etmez" dedim. Ağzımdan çıkıverdi: "Yeter ki ses olsun..." Kulağımı tırmaladı kendi kelimelerim. Telaşla ekleyiverdim: "Yani ben binmeden evvel ne dinliyorsanız aynen ona devam edelim." Böylece Orduspor-Samsunspor maçını dinleyerek tamamladım o yolculuğu. Bilmediğim futbol terimleri öğrendim. Oluyor böyle zaman zaman. Sırf ses olsun diye bir bakıyorum boks maçı dinliyorum radyoda ya da böceklerin beslenme ve üreme hayatları üzerine bir belgesel takip ediyorum gecenin bir vakti televizyonda. Muhtemelen tek alıcısı benim. Lakin elde değil. Yazarken muhakkak ses olmalı, mümkünse gürültü patırtı olmalı; bir de illa ki müzik olmalı, öyle soft parçalar değil, hızlı, enerjisi yüksek türden. Rüzgâr essin, gök gürlesin, şimşek çaksın; trafikte kornalar, seyyar satıcıların naraları, top oynayan çocuklar; dile gelsin bütün şehir, konuşsun cümle kâinat hep bir ağızdan... Ses olsun ki unutmayayım, koskoca bir çemberde ufacık bir noktayım. Deryada katre. Yürürken, otururken, roman okurken, yolculuk ederken aynı şekilde. Sessizlikte yemek yiyemem, boğazıma dizilir lokmalar. Çıt çıkmayan ortamlarda elimden kayar okuduğum kitap, sayfaları çeviremem. Bazen okurlarım sevdikleri, görüp de büyülendikleri yerlerin resimlerini yolluyorlar, sağ olsunlar. Harika bir göl veya deniz manzarası, altına bir not düşülmüş: "O kadar sessiz ki burası, cennet gibi. Siz burada olsanız kim bilir kaç roman yazardınız..." Diyemiyorum ki ben muhtemelen o sakin koya demir bile atmaz, gölün yakınına uğramaz, arkama bile bakmadan kaçardım. Diyemiyorum ki roman yazmanın manzarayla da, sessizlikle de ilgisi olduğunu sanmıyorum. En azından benim açımdan. *Araf*'ı Boston'da kadın çalışmaları kampusunda bana tedarik edilen ceviz kabuğu ufak bir odada yazdım. *Bit Palas*'ı Cihangir'de tek odalı bir evin duvara bakan yemek masasında. *Baba ve Piç*'i yazarken kendimi üniversitedeki ofise kilitledim. *Aşk*'ı yazarken ha bire seyahat halindeydim. Tek gördüğüm, trenlerdeki, otobüslerdeki katlanır çalışma masaları oldu... Üzerleri kahve lekeli.

"Sessiz sakin, güzel manzaralarla ne alıp veremediğin var senin?" diye soruyor dostlar. "Rahattan rahatsız olan bir seni gördüm şu hayatta."

"Rahatsız olduğum yok ki" diyorum mahcubane. "Ruhlarımız uyuşmuyor sadece."

"Ne kaçırdığını bir bilsen..." diyor.

Peki nedir sessizlik? Bir şeyin eksikliği mi? Ses, müzik, hareket noksanlığı. Yoksa kendi başına bir âlem, öte boyut mu? Yokluk üzerinden mi tanımlamalı, yoksa varlık üzerinden mi? Okuduğum kitaplardaki sükûnet tanımları içinde en sevdiğim hikâye şöyle: Vaktiyle Uzakdoğu'da bir Taoist âlim yaşardı. İsmi Chuang Tzu. Bir öğleden sonra kısacık şekerleme yaptı. Rüyasında kendini kelebek olarak gördü. Çiçekten çiçeğe konmakta, rengârenk kırlarda özgürce kanat çırpmaktaydı. Derken uyandı. Düşüncelere daldı. Öğrencileri dayanamayıp, neden bu kadar suskun ve efkârlı olduğunu sordular. "Daha az evvel rüyamda bir kelebektim" dedi âlim. "Uyandım. Ancak bilmiyorum hakikaten uyanık mıyım şu an, uykuda mıyım? Belki de rüya içinde rüyadır gördüğüm. Kendini kelebek zanneden bir insandım az evvel, şimdiyse kendini insan zanneden bir kelebeğin rüyasında dolanıyor olabilirim. Ondan suskunluğum." Sessizlik böyle bir şey belki de. Ne eksiklik, ne hareketsizlik demek. Huzurlu bir seyir hali. Dünyayı olduğu gibi kabul etmek. Kendini insan olarak gören bir kelebeğin gözlerinden bakabilmek şu âleme...

Sana kelimelerden kaleler yaptım

Bakma edebiyat tarihi boyunca yazarların, şairlerin ve düşünürlerin çoğunun erkek olduğuna. Bakma romanların kadın kahramanlarının erkek kahramanlardan daha fazla yalpalayıp, daha sert düşüp, daha çok acı çektiğine. Bakma cins-i latife "kanatsız ilham perisi", erkeklere ise "müellif" dediklerine. Unutma ki en güzel aşk mektuplarını kadınlar yazar.

Sana kelimelerden kaleler yaptım. Hendekli, balkonlu, eflatun bayraklı, girişi saklı kocaman kaleler. Bir odasında bıraktım yüreğimi. Merasimsiz, habersiz, tantanasız ve beklentisiz usulca düşürüverdim elimden, olur da bulursan belki sevinirsin diye, öylesine.

Sana harflerden sarmaşıklar ördüm; geceleri gözlerini kapadığında, uyku ile uyanıklık arası o tekinsiz aralıkta durduğunda, cinlerin meşveret alanında yapayalnız kaldığında koklarsın belki, hatırlarsın diye.

Sana alfabeden kaftan diktim; azametle giyesin ve hiç üşümeyesin diye, kalın kadifeden, sırma ipliklerle. İşledim üzerine isminin baş harflerini, sessiz ve derinden, kimse bilmeden, sadece Yaradan'ın duyduğu bir yemin gibi.

Sana noktalardan güller, virgüllerden bülbüller, ünlemlerden yaylalar, noktalı virgüllerden dağlar ve ovalar yaptım. Her bir imla işaretini özenle ekledim isminin büyüsüne. Çünkü sevmek, yeni bir dil inşa etmek demek. İki kişilik bir dil. Çünkü aşkın olduğu yerde muhakkak kelam vardır, sessizlik değil. Harfin olduğu yerde ise bir katre hüzün vardır, neşe değil.

Mürekkep denizlerinde beyaz bir sayfa gibi yelken açtım. Cezalı bir öğrenci gibi yüz kere, bin kere, on bin kere alt alta ismini yazdım. Senin bile bilmediğin kelime oyunları yakaladım isminde. Harflerden fal baktım, hikâyeler yazdım kaderine. Rotasız, haritasız, bata çıka ilerledim. Kırk gün kara yüzü görmeden, kitaplardan burnumu çıkarmadan, insanlarla muhabbet etmeden yolunda gittiğim oldu. Gün oldu su aldı gemim, yaralandı. Ufuk çizgisinde güneş misali ışıldadı mütebessim yüzün. Her gündoğumunda yeniden sevdim seni, her günbatımında bir kez daha kaybettim.

"Öyle seveceksin ki kelimeleri sana yetecekler" demişti Cemil Meriç. Ruhu şad olsun, çınlasın kulakları sonsuzlukta. Ve aynı zamanda öyle seveceksin ki kelimeleri, katiyen yetmeyecekler. Hep bir adım ötesini merak edeceksin, eteklerin uçuşacak uçurumun kenarında, rüzgâr okşayacak saçlarını, ürperecek, ürkeceksin.

Harflerle dans edecek, raks edeceksin, meşk edeceksin. Etinden et ekleyecek, ruhundan üfleyeceksin; sırf yetmedikleri için, alfabeye yeni bir harf ekleyebilmek için. Kendini anlatamadığın, meramını aktaramadığın, dil ile düş arasındaki o iki harflik açığı bir türlü kapatamadığın için.

Eski kelimeleri seviyorum, evet. Yenilerin yerine değil, yenilerin yanı sıra. Argoyu seviyorum. Deyimleri, atasözlerini, dil oyunlarını da. Sırça köşklerde konuşulan steril bir kültür değil edebiyat, hiçbir kıymeti yok hayata eldivensiz dokunmadıkça, sokağa taşmadıkça. Kelime uydurmaya da karşı değilim. Zorlarsın dilin sınırlarını, kendi sınırlarını aşarsın. Gene Cemil Meriç söylemişti: "Kamus bir ülkenin namusudur." Şimdi "kamus" deyince boş boş bakıyorlar, anlamını bilmiyor ki sözün özüne varsın. Biz çok kelime yitirdik. Her kelimeyle beraber incelik ve zarafet yitirdik.

* * *

Dünyanın en ünlü sözlüklerini basan Collins Yayınevi ilginç bir gelişime öncülük yapmıştı. Okurlardan kendilerine kelimeler yollamalarını istemişti. Seçilen kelimeler ve tanımları yeni basılan sözlüğe girecekti. Bu proje gerçekleşti de. Bundan böyle sözlükler sadece bir kültürel elitin, seçkin akademisyenlerin ya da dilbilimcilerin tekelinde olmaktan çıkıp, okurlarla beraber hazırlanacaktı. Yukarıdan aşağıya değil, aşağıdan yukarıya!

Dünyanın gidişatı bu yönde. Argo ve sokak dili, yani yaşayan, soluk alan ve sürekli değişen "şehir dili" sözlüklerden dışlanmayacak. İnternetle beraber hayatımıza giren kelimeler de kucaklanacak. Keza Avrupa ve Amerika'ya gelen göçmenlerin ürettiği kelimeler de kabul görmekte. "İngilizceyi bozarak" üretilen kelimeler. Velhasıl İngilizce sözlüklerde üç ana eğilim göze çarpıyor. 1. Gençleşme. 2. Çoğulculuk. 3. Demokratikleşme.

Amerika çapında İngilizce öğretmenlerinin çarpıcı bir manifestosu var: 1. Dil sürekli değişir (dondurmaya kalkmayın, bırakın aksın). 2. Değişim normaldir (yeniliklerden korkmayın). 3. Konuşma kültürü dilin ayrılmaz bir parçasıdır (sokak dili dışlanamaz). 4. Neyin doğru olduğuna bakılırken pratik göz önünde tutulmalıdır (galat-ı meşhur makbuldür). 5. Tüm kullanımlar eninde sonunda görelidir (yani elitizm yapmanın anlamı yok!).

Türkiye'nin dil serüveni, tıpkı siyasi tarihi gibi inişli çıkışlı. Ne çok kelime dışladık dilimizden, daralttık dağarcığımızı. Eskiden daha güzel mektuplar yazardık. Her şey gibi aşk mektuplarımız da kurumakta.

Uzun evliliklerin sırrı nedir?

Bir kitapçıda dolaşıyorum. "Uzakdoğu felsefesi" kitaplarının bulunduğu reyona dalmamla yaşlıca bir çiftle burun buruna gelmem bir oluyor. Birlikte durmuş kitaplara bakıyorlar. İkisinin de saçları bembeyaz, yüzleri kırış kırış. El ele tutuşmuşlar.

Kadıncağızın yaşı en azından seksen küsur olmalı, özenli, tiril tiril bir döpiyes giymiş, mavinin en duru tonu; kocası aynı biçimde şık ve bakımlı, elindeki bastona yaslanmış. Ve ben, bütün kafası karışık, ruhu türbülanslı yaratıklar gibi böyle bir manzara karşısında kalakalıyor, duygulanıyorum.

"Ya ne güzel" diyor içimden bir ses, "hakikaten bir yastıkta kocamışlar, helal olsun."

Anında ikinci ses giriyor devreye, çünkü hiçbir zaman tek sesli olmayı başaramadım. O da diyor ki: "Ne biliyorsun, belki bu adamın dördüncü, kadının da üçüncü evliliği. Eski eşlerini yeni gömdüler. Ardından kıydılar nikâhı. Torunlarının, çocuklarının itirazlarına rağmen."

Olur mu olur! Merakla inceliyorum çifti. Kadına odaklanıyorum bilhassa. Mutsuz mu? Ezilmiş mi? Hayallerini gerçekleştirebilmiş mi? Ataerkillikle boğuşmuş mu? Kadıncağız sezmiş olmalı, aniden dönüp gülümsüyor bana. Utanıyorum aklımdan geçenlerden; içimde taşıdığım cümbüşten.

Bir gayya kuyusu zihnim. Çık çıkabilirsen dehlizlerinden.

Alıyor beni bir merak. Uzun evliliklerin sırrı nedir acaba? Bir formül olmalı. Sıradan metalleri altına çeviren bir simyacı. Her uzun ömürlü evlilik, mutlu mesut birliktelik demek değil elbette. Ama kırk elli senedir evli olan ve hâlâ el ele tutuşabilen yaşlıları görünce gülümsemiyor musunuz siz de?

Bakıyorum ki çıkamıyorum işin içinden ve mademki kitapçıdayım, sevdiğim yazar ve düşünürlere sormaya karar veriyorum. Belki içlerinden biri biliyordur cevabı. İki adım ötede, siyaset felsefesi kitaplarının arasından, posbıyıkları ve kararlı duruşuyla ters ters bakıyor Nietzsche. Ona soruyorum evvela. Yanıtı şöyle: "Mutsuz evliliklerin sebebi aşk eksikliği değil, dostluk eksikliğidir."

Güzelmiş. Demek önce dost olmak lazım. İngiliz edebiyatı reyonunda Oscar Wilde karşılıyor beni. "İnanma Friedrich'in saçmalıklarına" diyor. "İnsan hep âşık olmalı ve hep âşık kalmalı. Bu yüzden hiç evlenmemeli."

"Peki o zaman bu kadar çok insan niye evleniyor?" diye soruyorum.

"Gayet basit" diyor bilmiş bilmiş. "Erkekler yorulunca evlenirler; kadınlar da meraktan. Sonunda her iki kesim de düş kırıklığına uğrar."

Üst katta, denemeler bölümünde saygıdeğer Montaigne var. Ona soruyorum. Diyor ki: "Evlilik kafese benzer. Dışarıdakiler içeri girmeye uğraşırken, içerideki kuşlar dışarı kaçmaya can atar."

"Peki mutlu evlilik olamaz mı?" diye soruyorum. "Olur elbette" diyor ve formülünü veriyor: "İyi evlilik, sağır bir koca ve kör bir kadın arasında mümkündür."

Yani koca, karısının dırdırını duymayacak, kadın da kocasının yanlışlarını görmeyecek! Nasıl olacaksa?

Birkaç adım ötede, Albert Einstein'ın posteri asılı. Usulca yaklaşıp ona danışıyorum. "Erkekler, hiç değişmeyecekleri umuduyla evlenir kadınlarla. Kadınlar ise değişecekleri umuduyla evlenir erkeklerle. Sonunda iki taraf için de sukutuhayal kaçınılmazdır." Koskoca Einstein! Bir bildiği vardır muhakkak.

Halil Cibran'a rastlayınca eski bir dostla karşılaşmış gibi seviniyorum. "Birbirinizin kabını doldurun ama sakın aynı kaptan içmeyin. Birbirinize ekmeğinizden verin ama aynı somunu bölüşmeyin" diyor. "Çınar ve servi, iki ayrı ağaç, birbirlerinin gölgesinde büyümesinler."

Demek ki herkes kendi bireyselliğini korumalı. İyi de, pardon ama, bizim Türk erkekleri bu kadar bireysel bağımsızlık kaldırır mı? En sonunda kitapçıdan çıkıp anneanneme danışıyorum. Ne de olsa o bilir. Cevabı şöyle: "Sen bakma o yazarlara. Uzun evliliğin tek sırrı var evladım. İyiyi kötüye yama yapmak!"

Ellerimizde iğne iplikler, demek dikeceğiz bol bol. Gördüğümüz eksikleri, kusurları, delikleri, yırtıkları kapatacağız ipek kumaştan yamalarla.

Düşünüyorum da ancak bir kadın verir bu formülü. Ve anneannemin kuşağından bir kadın.

Bizim kuşak biraz daha farklı. Garip bir ikilemi var modern insanın, özellikle modern kadınların.

Bir yandan seçeneklerimiz çoğaldı, bir yandan kafa karışıklığımız...

Kadın ve erkek iyi dost olamaz mı?

"Ateşle barut yan yana durmaz..." Bu veciz atasözünü ilk işittiğimde çocuktum. Sahneyi bugün bile gayet canlı hatırlıyorum: Ankara'da, tipik bir mahallede, komşu kadınlar toplanmışlar; afiyet ve keyifle dedikodu yapmaktalar. Konuyu bilmiyorum ama "yanlış ve yasak" bir şeyler konuştuklarından eminim. Zira ne vakit böyle gizli meselelerden bahsetseler ses tonları değişiyor annelerin, teyzelerin, anneannelerin. Bir de çocuklar anlamasın diye tuhaf kodlar kullanıp, gözlerini devirmeleri yok mu... Bilmiyorlar ki böyle yaptıklarında ben daha çok meraklanıyor, daha büyük bir dikkatle dinliyorum.

Çay bardaklarında dönen metal kaşıkların sesi, halının üzerinde oynayan bebek ve çocukların bağırış çağırışına karışmakta. Boşalıp dolan tabaklar, sehpalarda çeşit çeşit kurabiyeler, dolmalar, börekler, kekler, pastalar. Hamur ve karbonhidrat cennetine düşmüşüz. Bir hengâme, bir cümbüştür gidiyor.

Ben masanın altında sessizce oturuyorum. En sevdiğim yer burası. Gizli mekânım. Böylece hem kadınları seyrediyor, her şeyi görebiliyorum, hem de kimse bana karışmıyor, zorla bir şeyler yedirmeye kalkmıyor. En güzeli, görünmez olabiliyorum.

Masanın altını çadır gibi değil, malikâne gibi tahayyül

ediyorum. Bin odalı, bin koridorlu bir saray. Ve orada oturmuş, bir yandan kurabiye kemirip, bir yandan kadınları gözlemlerken o cümle ilişiyor kulağıma, ateş ve baruttan bahseden. Ne demek acaba?

Akşam eve varınca soruyorum anneanneme. "Nereden duydun bu lafı?" diyor hemen. "E, sizden" diyorum. "Siz konuşuyordunuz ya." Suçüstü yakalanmış gibi bakıyor yüzüme. "Kadınlarla erkekler arkadaş olmaz" diyor. "Fazla yan yana dururlarsa biri diğerine sevdalanır. O manaya geliyor."

Ertesi sabah okulda ters davranıyorum sınıftaki oğlanlara. Mademki arkadaş olamıyoruz, ne silgimi paylaşırım bundan sonra, ne kopya veririm sınavlarda! Bir gün sürüyor duygusal boykotum. Oğlanlarla arkadaşlık etmek, kızlarla arkadaşlıktan çok daha keyifli çünkü. Kızların sohbetinden çabuk sıkılıyorum; aralarındaki hizipleşmeleri ve çekişmeleri takip edemiyorum.

Daha dün arkadaş olanlar bir bakıyorum rakip kesilmiş. Üstelik senden de taraf olmanı, öteki kızla arkadaşlık etmemeni istiyorlar. Bu karmaşaya ayak uyduramıyorum. Hem kızlar koleksiyoncu. Sürekli anı ve duygu biriktiriyor, sonra bunları hiç beklemediğin anda zihinsel çekmecelerinden çıkartıyorlar.

Oğlanlar daha düz, daha şeffaf, daha dolaysız. Oğlanlarla çizgi romanlardan, başka coğrafyalardan, hangi ülkelerde hangi dillerin konuşulduğundan, uzayda hayat olup olmadığından ve dünyayı dolaşmanın acaba kaç gün süreceğinden konuşabiliyoruz. Bir de futboldan anlasam!

Seneler geçiyor. Pek değişmiyor bu kalıp. Lisede, üniversitede ve sonrasında ben gene kadın-erkek dostluğunu, kadın-kadın dostluğundan daha kolay buluyorum. Ve bir şeyi fark ediyorum: En iyi anlaştığım kadınlar, tıpkı benim gibi "kadınlık sınavı"ndan ha bire kırık not alanlar.

Kadınlar ve erkeklerin gerçekten arkadaş olup olamayacakları ezelden beri tartışılmakta, hatta bilimsel olarak araştırılmakta. İlginç deneyler var. Bunlardan birine *Scientific American* geniş yer verdi. Araştırma için üniversite öğrencisi 88 çift seçildi. Bu çiftlerin özelliği, uzun zamandır iyi arkadaş olan kız ile erkek öğrencilerden oluşmaları. Aralarında dostluktan başka hiçbir hukuk olmayan.

Araştırmacılar bireylere ayrı ayrı sorular yöneltip, cevapları değerlendirdiklerinde gördüler ki kadınlarla erkeklerin birbirlerine dair "algı"larında farklar çıkabiliyor. Kadınlar daha çok inanıyor kadın-erkek dostluğunun mümkün olduğuna ve güzelliğine. Erkekler ise buna hem inanıyor, hem de arkadaşlıktan her an "romantizm" çıkabileceğine dair bir beklenti, beklenti olmasa da şüphe besliyorlar.

Başka araştırmalar da benzer sonuçlar veriyor. Yani kadın-erkek dostluğu gayet mümkün ama bu dostluğu esas ayakta tutan ve bozulmasına izin vermeyen kesim, gene kadınlar.

Edebiyat tarihinde bir erkek yazar ile bir kadın yazar arasında en çarpıcı (ve son tahlilde en kanlı) arkadaşlık Ernest Hemingway ile Gertrude Stein arasında yaşandı. Uzunca bir süre o kadar iyi dostlardı ki Hemingway, "We are like brothers (Erkek kardeş gibiyiz)" diye tanımlardı ilişkilerini. Bir aradayken her şeyi konuşur, herkesi çekiştirirlerdi. Ta ki aralarına kurum rengi bir kedi girene kadar.

Gertrude Stein, diken dolu bir kitapla Hemingway'i yerden yere vurdu. Hemingway intikam almakta gecikmedi. *A Moveable Feast* (*Paris Bir Şenliktir*) kitabında o da karşı saldırıya geçti. Onlarınki romantizmle değil, meydan muharebesiyle biten bir dostluktu.

Ben ise kendi seyrüseferimde hâlâ bakıyorum da, en deli, en dolu, en güzel dostlar, gene ya aklıselim, yüreği derin, vicdanı engin erkeklerden ya da içten içe arızalı hatunlardan çıkıyor.

Kendi tüylerini yolan kuşlar

Ben bir Simurg hikâyesi yazsaydım, hani o Kafdağı'nın üzerinde ikamet eden eşsiz hükümdarı arayanların sergüzeştini kaleme alsaydım, tüm o kuşlar arasına bir kuş cinsi daha katmak isterdim. Kendi sesine hayran bülbüllerin, uzaklara giden sevgililerden haber taşıyan turnaların, uçarı ürkek serçelerin, av peşinde süzülen kibirli kartalların, kafesinde bermutat şakıyan kanaryaların dışında bir kuş daha olmalı o resimde. Kendi tüylerini yolanlardan... Kimi insan, bülbül misali, güzelliğiyle, albenisiyle takdir toplamak peşinde, her fırsatta ya aynadaki aksini ya da başkalarında bıraktığı etkiyi seyretmekte. Kimi, papağan gibi ne duyarsa tekrarlamakta. Ne kendine ait bir duruşu var, ne eleştirel bir fikri. Kimi, yabanördeği gibi sürüden gıdım ayrılmadan yaşamakta. En büyük korkusu yalnız kalmak, dışlanmak. Kimi, akbaba gibi, başkalarının enkazı üzerinden beslenmekte, afiyetle. Kimi, flamingo gibi, kendi ailesi ve dar çevresi dışında hiçbir şeyi takmadan yaşayıp gitmekte. Dünyanın çivisi mi çıktı, açlık-haksızlık-savaşlar mı var, umurunda değil, ne gam. Ve kuş var, tüm bu hengâmenin arasında, derdi meselesi kendiyle, "ben" dediği o çözümsüz-bitimsiz bilmeceyle; kuş var tek tek koparmakta tüylerini... Başkasına zarar vermez, tutup onu bunu didiklemez ama kendine sabotajlar düzenlemekte yoktur üstüne. *Bit*

Palas'ı yazarken bu kuş türünden bir genç kadın canlandırdım sayfalarda. İsmini Mavi Metres koydum. Bacaklarında jilet izleri vardı, kendini kestiğinden. *Araf*'ı yazdığımda, gene bir karakter zuhur etti, o da kendini hırpalayanlardan. Entelektüel bir çikolatacı yaptım onu; fiziksel iş üreten bir düşünür olsun istedim; hiçbir yeri yurt edinemeyen, daim çılgın, ilanihaye melankolik, hayalperest. *İskender*'de Esma biraz öyleydi. Uçup gitmek ile kalıp kendini yolmak arasında mütereddit, kanat çırptı boşlukta hikâye boyunca. Bakıyordum da, hep sevmişim galiba kendi tüylerini yolan kuşları. Onlar her yerde, her dönemde varlar. Onlar hiçbir kategoriye sığmadan, bir türlü doğru dürüst anlaşılamadan tutunmaktalar hayatın ipliklerine. Hakkında yazmak istediğim sanatçı da onlardan biri:

1890 senesi Temmuz sonları günlerden bir gün... Sıradan bir öğleden sonra, bunaltıcı bir sıcak. Vincent van Gogh, buğday tarlalarında yürüyüşe çıkmaya karar verdi. 37 yaşındaydı. Gördüğü son yaz mevsimiydi. Yürüdü, uçsuz bucaksız bir kumsalda, ayak izlerini dalgalara feda edercesine, iz bırakmamacasına, önsüz ve arkasız. Yürüdü, her nevi külfetten silkinir gibi, hafif ve amaçsız. Hasta olduğunu söyleyenlere pek itibar etmiyordu, artık iyileştiğini iddia edenlere de. Akıllılık ve delilik arasında incecik bir ipte yürümeyi kanıksamıştı nicedir. Ha düştü ha düşecek. Ne resim yapamaz hale gelecek kadar tımarhanelik, ne oturup hayatla barış imzalayacak kadar pürahenk. Kırlarda olmak, temiz hava almak iyi gelecekti sinirlerine. Öyle tembih etmişti doktorlar. Şikâyetçi değildi. Buğday tarlalarını severdi. "Beynimin içindeki sesleri sakinleştiriyor" diye yazmıştı Theo'ya bir mektubunda. O sesler ki gün içinde, olmadık anlarda çoğalıyor, hep bir ağızdan konuşuyor, mütemadiyen yoruyorlardı ruhunu. O sesler ki derin bir yalnızlık yaşarken bile yalnız kalamamasına sebep oluyorlardı. Aynı sene içinde yaptığı bir tabloda buğday tarlalarını resmetmişti olanca canlılığıyla. Kargaları eklemişti resme. Sarı ve siyah, kara bulutlar ve mavi sema. İnsan renklerle çığlık atabilir mi? Tamamen sessiz haykırabilir mi? Hikâyenin bundan sonrası iki seçenekli. O gün hakikaten ne oldu? Ya: Yürüdü, bir an geldi, zihnindeki sesler sustu, kâinattaki tüm renkler beyaza döndü. Kaldırdı elinde tuttuğu tabancayı, yerleştirdi göğsüne. Ateş etti bir el. Yarasına rağmen yürümeye devam etti. Çok kan kaybetti ama odasına ulaşmayı başardı. Bir intihar mektubu hazırladı. Son yaptığı bu oldu. Ya da: Yürüdü, ıslık çala çala. İleride bir yerde iki delikanlıyla buluştu. Onlara hayallerinden, yapmayı düşündüğü yeni tablolardan bahsetti. Umut, enerji ve ilham doluydu. Gençler ona hayran, dinlediler. Birinin silahı vardı, havaya ateş etmek için, öylesine almıştı yanına. Ne var ki silah geri tepti. Hedefi şaşırdı. Van Gogh bir kaza sonucu canından oldu. Sanat ve kültür dünyası bu iki sahneden hangisinin doğru olduğunu tartışmıştı bir süre. Uzun seneler birinci senaryonun gerçek olduğuna inanıldı. Van Gogh efsanesini derinleştirdi bu inanış. Yaşarken kıymet görmeyen dâhi ve acı çekmiş bir sanatçı efsanesini pekiştirdi. Ne var ki yayımlanan yeni biyografilerin, arşiv çalışmalarının ışığında görünen o ki, Van Gogh ne sanıldığı gibi delirip kulağını kesti bir gün (onun da sebebi ressam arkadaşı Gauguin), ne de dünyadan ve insanlardan bunalıp intihar etti. Kulağını yitirmesi de, canını yitirmesi de aslında basit bir arkadaş kazasıydı. Öyle ya da böyle, günün sonunda, Van Gogh'u kuş türleri arasında bir yere koymaya kalksak, şüphesiz ki kendi tüylerini yolanlardandı...

Yazarlar, şairler ve mustarip oldukları dertler

The Wall Street Journal'da bir yazı çıkmıştı, ilgiyle okumuştum. Avrupa'da ve Amerika'da tarih boyunca ses getirmiş kimi edebiyatçıların saklı hastalıklarına dair. Aslında her şey *Huffington Post*'ta Doktor Ross imzalı çarpıcı bir makalenin yayımlanmasıyla gelişti. "Yazarlar ve fiziksel/zihinsel hastalıkları" üzerine. Ben kendimi zaten oldum olası ne "normal", ne "dengeli" kabul ettiğim için ilgiyle ve sükûnetle okudum yazar çizer taifesinin hangi dertlerden mustarip olduğunu. Durum vahim!

Verileri yan yana getirince anlaşılıyor ki edebiyat âleminde en yaygın sorun "mutsuz çocukluk". Bilhassa romancılar/şairler arasında, yeryüzündeki ilk senelerini mutlu mesut, şen şakrak, dolu dolu severek ve sevilerek geçiren birine rastlamaya çalışmak, samanlıkta iğne aramak gibi bir şey. Vardır muhakkak bir yerlerde ama gel de bul bulabilirsen! Jonathan Swift, Lord Byron, Samuel Coleridge, William Butler Yeats, Herman Melville, Brontë kardeşler, sevgili Virginia Woolf listenin başlarında olmak üzere, nicesinin çocukluk seneleri parçalı bulutlu ve bol türbülanslı geçmiş. Güneş ara ara başını çıkarmış, o kadar. Dickens'ın babası ha bire ya borçlarla ya yoksullukla boğuşmuş. Orwell ise yatılı okullarda mutsuz olmuş, yalnız kalmış.

Dr. Ross soruyor: "Bedbaht çocukluk ile yaratıcılık arasında bir ilişki var mı?" Eğer söz konusu kişi zaten yetenekli, dayanıklı ve duyarlı ise böyle bir bağ kurulabileceğini iddia ediyor. Yani arızalarımız ve yara berelerimiz, direnirsek şayet, hayal gücümüzü geliştiriyor. Bu, işin insana umut veren yanı! Bir de moral bozan kısmı var. *Mood disorders,* yani psikolojik iniş çıkışlar da çoğalabiliyor. Bunlar roman, hikâye ve şiir yazarken belki işe yarıyor ama edebiyatçıların yakın çevrelerindeki insanlar için hayli külfetli, yorucu olsa gerek. Yani yazar olmak hadi neyse ama "yazar sevgilisi" yahut "yazar eşi" olmak zor zanaat!

Sadece ruhsal değil, fiziksel sorunları da fazla kalem erbabının. Shakespeare ile başlayalım... İngiliz ve dünya edebiyatının en meşhur sesinin, yüzyıllar boyunca insanlığa aman vermeyen bir hastalıktan mustarip olduğu tahmin ediliyor: Frengi. Bu rahatsızlığın verdiği sinir nöbetlerinin ve hezeyanların yazısına, üslubuna etki ettiği de düşünülüyor.

Brontë kardeşler tüberkülozdan çekmiş. Üstelik altısı birden. Aynı hastalığa yakalananlar arasında George Orwell de var. Jack London ise ülser hastası. Bununla bitmiyor şikâyetleri. Karizmatik, yakışıklı ve intihara meyyal yazarın o kadar çok rahatsızlığı var ki 40'ına geldiğinde ayaklı bir enkaz gibi görünüyor. Alkole bağımlı; kendi kendini tedavi etmeye kalkıyor, ne var ki ilaç yerine morfin, bazen eroin kullanarak. Genç yaşta aşırı morfin yüzünden oluyor sonu.

Herman Melville ise bipolar. Onu seven insanların burnundan getiriyor. Aynı beter huy Ernest Hemingway'de de var. James Joyce alkolik. İçmeden yazmakta zorlanıyor. İki kadının hayatını mahvettiğini söylüyor. Faulkner de iflah olmaz müptelalardan. Biricik Sylvia Plath ise malum, bipolar.

Fransız yazar Guy de Maupassant, 1892 senesi Ocak ayının ilk günlerinde intihara kalkışıyor. Herkes yeni yılı kutlarken o kendine ve kaderine bir son vermeyi deniyor. Yeni bir delilik nöbetinden kurtulmak için. Tedaviye alınıyor, bir seneye yakın klinikte kalıyor. Onun da frengiden kaynaklı bir sinirsel hastalıktan vefat ettiği tahmin ediliyor. Maupassant bu açıdan önemli bir isim, zira deliliği hem yaşayan, hem yazanlardan. Edgar Allan Poe, Gogol, Tolstoy ve özgürlükçü, muhalif ama bir o kadar sorunlu Jack Kerouac... Yazarlar ve ruhsal rahatsızlıklar listesi hayli kabarık.

Bizde de çok malzeme var şüphesiz. Suçlamadan, yermeden bakabilirsek şayet. Nâzım Hikmet'ten öğrenmedik mi *angina pectoris*'in ne demek olduğunu? Sorunlu bir çocukluk geçiren ve hatta yakın çevresine, "Bende her türlü hastalık mevcut" diyen Peyami Safa... Guatr ve şekerden mustarip ve tedaviye direnen Tevfik Fikret. İntihar eden ve hayattan ölüme geçişi son ana kadar kaydeden Beşir Fuad...

Bazen düşünüyorum. Tarafsız ve dengeli yaklaşabilen bir terapist veya psikiyatr, Osmanlı'dan bu yana edebiyat tarihimize yakın gözle baksa, kim bilir neler neler bulacak... Peki bu arızaların yazımıza, edebiyatımıza etkisi var mı? İşte o yoruma açık bir soru, apayrı bir bilmece!

Bir bayram temennisi

Londra'da bir bayram sabahı. Sevgili Cüneyt Özdemir ile CNN çekimleri için St. James Parkı'nda buluşmuşuz; keyifli, dost bir sohbet devam etmekte. Etrafta sincaplar koşuştururken, kazlar, ördekler dolaşırken, biz "savaş", "Suriye ve değişen Ortadoğu politikası", "terör", "insan hakları", "ifade özgürlüğü" ve bol inişli çıkışlı gündemimizi konuşuyoruz. Halbuki "bayram sohbeti" diye başlamıştık söze; çok geçmeden yoğun gündem maddelerine, kolektif ruh hallerimize döndük. Türkiye'de yaşayıp yahut Türkiyeli olup da siyasete ilgisiz kalmak mümkün mü? Politikanın ve politikacıların yansımadığı bir tek sohbetimiz var mı?

Sokakta, işyerinde, piknikte, *brunch*'ta, misafirlikte, kahvehanede, hamamda, kadınların kabul günlerinde, erkeklerin tavla turnuvalarında, her an her yerde... Ne konuşursak konuşalım muhakkak bir yerinden sızar lafa "memleket meseleleri". Hepimizin zihninde bir yerde hep aynı sual deveran etmekte: "Ne olacak bu memleketin hali?" Türkiyeli olmak, bu kadim soruya cevap aramaktan vazgeçememek demek değil mi biraz da? Siyasi/ideolojik bölünmelerimizi bazen o kadar ciddiye alıyoruz ki, işin özünü, insanın özünü unutuyoruz. Rahmetli Cemil Meriç'in bir sözü geliyor aklıma. (Ali Bulaç'ın aktardığı bir söz): "Bu memlekette sağcı-solcu, ilerici-gerici yoktur. Namuslu ve namussuzlar vardır" diyor öğrencilerine. Ve tembihliyor: "Siz namuslulardan olun."

Parkta Türk turistler var, hem de çok. İstanbul'dan, Trabzon'dan, Ankara'dan, Konya'dan... Bizi görenler birer ikişer gelmeye başlıyorlar yanımıza. Dinliyorlar ilgiyle. Bayramda Londra sokaklarında o kadar çok Türk var ki adım başı birilerine selam vererek yürüyoruz. Herhangi bir günümün nasıl geçtiğini soruyor Özdemir. Müzeler, müzikaller, filmler, tiyatrolar, operalar var muhtemelen aklında. Diyemiyorum ki, "Bizim hayatımız aslında gayet tekdüze. Kendimize dair anlatacak pek bir şeyimiz yok. Olmadığı için roman yazıyoruz belki de. Başka hayatları düşünüp düşleyerek". Filozofların yaşamları felsefelerinden/kitaplarından daha ilginç olabiliyor. Ama romancılar için tam tersi geçerli. Bizim kabilede renkli olan sadece romanlarımız. Sıra dışı olan hayal gücümüz; yoksa gündelik hayatımızda matah bir yan yok. Sıradan bir günümüzü ele alın, sıkılırsınız. Roman/öykü yazmak, makaleler kaleme almak, başkalarını okumak, okuduğumuz kitap kötü ise homurdanmak, iyi ise kıskanıp gene homurdanmak üzerine kurulu bir çarkımız var. Elbette zaman zaman bunun dışına çıktığımız oluyor ama genel kalıp böyle.

Londra'ya kısa süreliğine gelenler bile muhtemelen benden daha fazla restoran, bar, eğlence mekânı, alışveriş merkezi bilmekteler. Nereden ne alınır, hangi restoranda ne yenir, hafta sonları nerelere gidilir vb. sorulara benden daha vâkıflar. Bana kalsa ben hep aynı hırpani kafelerde, salaş yerlerde sadece okuyup yazarak, yazıp okuyarak geçirebilirim senenin her gününü. Bizim hayatımız o kadar yavan ki yazar olmaya heves eden gençler işin bu yanını biliyorlar mı merak ediyorum. Dolayısıyla bir romancı hemen her konuda rahatlıkla fikir yürütebilir. Hayvan hakları, finansal kriz, Amerika'da başkanlık seçimleri, kadına yönelik şiddet, Pakistan'da kız çocuklarının okuma hakkı ve Malala, Çin'de tek kültürlülük, Google ve demokrasi... Her türlü suale açığız ve verecek bir cevabımız var. Yeter ki en basit soru olan, "Peki sen nasılsın?" sorulmasın.

Oysa sohbetin orta yerinde pat diye, "Mutlu musun?" diye soruyor Özdemir. Kendi kendime hiç sormadığım bir soru olduğundan duraklıyorum. Mutsuz değilim çok şükür ama mutlu muyum bilmiyorum. Bir merak düşüyor içime. Acaba başkaları farklı mı? Acaba herkes biliyor da bir ben mi bilmiyorum? Buddha, mutluluğu, insanın yaptığı işlerle ve sarf ettiği kelimelerle başkalarını mutlu etmesine bağlamıştı. Yani bireyin içinde o gün ne hissettiğinden ziyade, insanlıkla kurduğu bağ idi aslolan. Sivri dilli Mark Twain ise mutluluk ile aklın ters orantılı olduğuna inananlardandı. Ne kadar az kullanırsak aklımızı o kadar çok saadet var bize. Eric G. Wilson, *Against Happiness* kitabında, Amerikalıların mutlu olmaya kendilerini adeta koşullandırdıklarını, mutlu olmayana *loser* (kaybeden) gözüyle baktıklarını yazmış ve tepeden şartlandırılmış mutluluğa karşı doğal akan melankoliyi savunmuştu. Bana gelince muhtemelen Gustave Flaubert ekolündenim: "Mutluluğun mümkün olduğunu sanmıyorum ama huzur/sükûnet, evet, işte o mümkün."

Kadınların kendini kanatma kabiliyeti

Kadınlar neden bu kadar sever suçluluk duymayı? "Eğitim seviyesi, yaşam şekli, siyasi fikri ya da kılık kıyafeti ne olursa olsun, her kesimden, hatta dünyanın her yerinden kadının ortak paydası nedir?" diye sorsalar, tereddütsüz biliyorum cevabı: KKKK. Açılımı: Kadınların Kendini Kanatma Kabiliyeti.

Ellerimizde cımbızlar, uçları sivri, tek tek çıkarırız kusurlarımızı, eksiklerimizi; yaralarımıza büyüteçle bakmakta yok üstümüze. Kendi kendimizin en amansız ve en acımasız eleştirmeniyiz nedense. Deşer ve açarız ince ince neşterle. İhtiyacımız yok başkasının tenkidine; çünkü zaten içten içe çok daha beterini söylemekteyiz nefsimize. Aynaya bakar, evvela "çirkin yanları" görürüz. Kilo mu almışız, kıyafet mi yakışmamış, makyaj mı olmamış... Anında bunları fark ederiz.

Yaralı ve önyargılı bir nazardır kadın bakış açısı. İster kendimizi, ister hemcinslerimizi inceleyelim, "kabahatler"i görürüz evvela ve ekseriya. Güzellikler ertelene ertelene kalır gene bir başka sonbahara.

Nedendir bir türlü yetemeyişimiz, yetinemeyişimiz? Beklentilerimiz ve gerçekleştirdiklerimiz, mevcutlar ve olmasını arzu ettiklerimiz arasında kapanmayan bir mesafe durur; dipsiz bir kuyu açılır. Bundandır ikide bir boşluğa düşmemiz.

İngiltere'de İrlandalı akademisyen bir arkadaşımla sohbet ediyoruz. Çocuklarının nasıl olduğunu sorduğumda, "Kızımın dişleri sorunlu. Dört dişi çürümüş. Haftaya dişeti ameliyatı olacak" diyor.

Ben tam dişçiler üzerine bir yorum yapmak üzereyken, kadıncağız ekliyor: "O kadar suçluluk duyuyorum ki!"

Nedenini sorduğumda, cevabı düşündürücü: "Ee ben müsaade ettim şeker, çikolata yemesine. İzin vermesem çürümezdi dişleri, şimdi dişçiye gitmek zorunda kalmazdı."

Gelin, bir an için şu sahneyi donduralım. İki kadını kareden çıkarıp yerlerine iki erkek yerleştirelim. İrlandalı baba ve Türk baba konuşmaktalar diyelim. Benzer konumda bir erkeğin ağzından böyle bir cümle çıkabileceğine inanıyor musunuz? "Çocuğumun dişleri çürüdü, ah hep benim yüzümden; çikolata verdim diye kendimi suçlu hissediyorum" diyen bir erkek tahayyül edemiyorum doğrusu!

Peki öyleyse neden biz kadınlar irili ufaklı her konudan kendimize özeleştiri sebepleri devşirmekteyiz? Ellerimizde suçluluk çiçekleri, toplamışız oradan buradan; güzel kokmasalar da ne gam, buketlerimiz rengârenk, taşıyoruz sebatla. Ta fi tarihinde gerçekleşmiş bir hadiseden bugün yaşanan ufacık bir meseleye kadar her alanda suçluluk duymak için bir neden bulabiliriz rahatlıkla.

Vaziyet böyle olunca kendi aramızdaki sohbetler de etkileniyor ruh halimizden. Erkeklerin sohbetleri çok daha çeşitli ve ilerlemeci. Bizde ise muhabbet genelde çemberler içre çemberler çizmekte. Aynı hususları her seferinde taze bir şevkle işlemekteyiz.

Diyeceksiniz ki: "Babalar çocuklarından konuşmuyorlar mı?" Evet, konuşuyorlar ama iki şekilde: Ya masada hatunlar varken yapıyorlar bunu. Yahut da konuşsalar bile en fazla on beş dakika sürüyor çoluk çocuk, yuva, ev sohbeti. Sonra afiyetle ve hevesle başka konulara geçiyorlar. Siyaset, ekonomi, futbol, ne olacak Türkiye'nin hali, hükümet, Kürt açılımı... Veya "hafif ve seksi" konular, etrafta dinleyen bir hatun yok ise ve ortam müsaitse şayet.

Peki bu arada kadınlar ne konuşmaktalar? Bebekler, çocuklar, kreş ve okul tercihleri, doğumlar, kıyafetler, alışverişler, son zamanlarda yaşanan bir magazinsel/kamusal skandal, gene çocuklar ve torunlar, gene yemek ve alışveriş... Biraz da şahıs dedikodusu... Akşam bitti bile.

Bazen hemcinslerimi tutup omuzlarından sarsmak istiyorum şefkatli bir sitemle. Biz neden on beş dakika aralıklarla başka konulara dalamıyoruz? Kadınlar masasında kitaplardan, iç ve dış politikadan, finansal krizden, Suriye'de yönetimin değişip değişmeyeceğinden ve Rusya'nın Kafkaslar'da ne yapmak istediğinden yahut Sarkisyan'ın kelime tercihinden veya Obama'nın seçim sonrası söylevlerinden neden bahsetmiyoruz? İlgilendirmiyor mu bunlar bizi?

Mark Twain'in sevdiğim bir sözü var. Diyor ki: "Ben 14 yaşımdayken babamın cahil olduğunu zannederdim. Dayanamazdım yakınında durmaya. 21 yaşıma basınca bir de baktım peder ne çok şey biliyor, ne çok şey öğrenmiş yedi senede!"

Önyargılarıyla dalga geçer yazar. Babası değildir zira değişen, kendisidir. Kendi bakış açısı.

İnsanın nefsiyle dalga geçebilmesi bir meziyettir. Lakin ifrata kaçarsak, meziyet olur eziyet. Gelin hatunlar, bu kadar didiklemeyelim, yaralamayalım kendimizi.

Hayatında Hemingway'in hayaleti dolaşan erkekler

Artık genç sayılmazdı adam. Yolun yarısını devirmişti, hem de çoktan. Durup bakacak yaştaydı geçmişe, kendine, ilişkilerine. Eskiden sevdiği mekânlara uğramıyordu nicedir. Konuşmuyordu kadim dostlarla her zamanki konulardan. Yeni çıkan bir pop şarkıcısıyla alay etmek gelmiyordu içinden; ne de uzaktan dudak bükmek, gazetelerde söyleşi veren simalara. Tam olarak "şefkat" olmasa bile sakin bir "idrak" sinmişti üzerine. Bir kabullenmişlik, koyuvermişlik. Kadınların peşinden koşmayı da bırakmıştı. Oradan anlıyordu ki, bedenen olmasa da "ruhen" ve "kalben" yaşlanmıştı.

Tuhaf bir hal gelmişti üzerine ya, kendi de bilmiyordu sebebini. İçine dönmek istiyordu. Yüreğinin dehlizlerinde bir şey unutmuştu sanki. Seneler sonra gidip almak istiyor ama ne olduğunu hatırlayamıyordu. Yokladı maziyi. Yokladı zihnini. Gördü ki hayatı boyunca sevdiği tüm kadınlar birbirine benziyordu. Hepsi de dikkat çekici, alımlı ve ışıltılıydı. Lakin yaz bahçelerinde gezinen ateşböcekleri kadar kısa sürmüştü ışıkları. Hüzünle fark etti ki adam, sevdiği kadınların ışığının sönmesine en büyük sebep oydu.

Bilgisayarı açtı. Kendine bir not yazdı. "Ben de onlardan biriyim demek: HHH. "Hemingway'in Hayaleti Hayatımda."

Bir adam düşünün. Henüz 21 yaşındayken evlensin.

20'leri, 30'ları, 40'ları boyunca hep evli olsun lakin farklı kadınlarla. Yalnız kalmaktan deli gibi ürken bir adam; karanlıktan korkan bir oğlan çocuğu adeta. Onu sarıp sarmalayacak ama sarsmayacak, kuşatacak ama boğmayacak, can kulağıyla dinleyecek ama sorgulamayacak bir kadın aramakta.

Yanında parlasın ama gölge yapmasın. Başarılı ve parlak olsun ama öne geçmeye kalkmasın. Hızlı ve çevik olsun ama bir adım geriden gelsin. Böyle bir sevda düşlemekte. Belki de, Doğu-Batı, modern-geleneksel ayrımı olmaksızın nice erkek gibi şu fani dünyada.

Bir adam düşünün ki çöken her ilişkinin ardından ve altından, sıyrılsın enkaz yığınından, vakit kaybetmeden yeni serüvenlere atsın kendini. Akıntıyla sürüklenen sal misali. Sadakat nedir bilmesin ve bilmeyi istemesin. Görünüşte gayet yolunda giden bir evlilik yahut ilişki boyunca dahi gizliden gizliye başka bedenler arasın. Ne aşktan ne arzudan ötürü. İhtimalleri yitirmemek için sırf, ihtimaller ki sahte bir özgürlük duygusu aşılasın. Yüreğinde kapanmayan bir yara taşısın; gözlerinde iyileşmeyen bir çizikle baksın dünyaya. Gördüğü ve dokunduğu her şeyi yaralasın bir parça.

Bir adam düşünün. Olabilecek en yanlış koca adayı olsun. Lakin sevsin onu kadınlar, hem de ne çok. Bile bile gün gelip sevgilerinin yetmeyeceğini, tek kanatla uçan bu kuşun düşeceğini; acı çekeceklerini bile bile sevdalanan kadınlar...

O kadar çok hatun kişi tanıyorum ki, eğitimli, kendine güvenen, ayakları sağlam basan, "modern" hatunlar hem de, böylesi erkeklere kapılmışlar. Hem de ne kapılma. Her şeyi bırakacak kadar. Kendi ilkelerini unutacak kadar. "Hayatında Hemingway'in hayaleti dolaşan erkekler"e meftun ve müptela kadınlar bir muammadır, çöz çözebilirsen.

Hemingway, ilk eşi Hadley ile evliyken *Vogue* dergisinin moda editörü Pauline ile tanıştı. İlk başlarda Pauline, karıkoca her ikisinin ortak arkadaşıydı. Ancak kısa zamanda ortaya çıktı ki Hemingway ile ilişkisi vardı. Hikâyenin buraya kadarı sıradan, bundan sonrası şaşırtıcı. Zira Hemingway her iki kadından da vazgeçmek istemedi. İkisini de hayatında tutmaya kalktı ve bunu yapabileceğine onları da inandırdı. Ne karısının mutsuzluğu, ne metresinin hayal kırıklıkları, hiçbir şey ondaki bu inanç kadar ağır basmadı.

Sonuç: Seneler süren mutsuz, umutsuz ama sebatkâr bir aşk üçgeni. Ta ki eşi dayanamayıp yazarı terk edene kadar. Hemingway bekârlığı tatmadan Pauline ile evlendi hemen. Ancak çok geçmeden ondan daha genç, daha parlak bir kadın girdi yazarın yörüngesine: Martha. Ayaklarını yerden kesti bu ilişki. Ayakları tekrar toprağa bastığında terk eden o oldu bu defa. Ardından dördüncü kadın geldi: Mary Welsh.

Hemingway efsanesinin hep altını çizdiği bir slogan vardır: "Bazı erkekler monogami için yaratılmamıştır. Onlar farklıdır." Biz geri kalan faniler ilaç gibi, hap gibi alır yutarız bu sloganı. Hak veririz. Adeta "mazlum"dur hayatında Hemingway'in hayaleti dolaşan bir erkek; elinde değildir, tabiatı gereği böyledir, sıradan sevdalar için değil çılgın ve marjinal maceralar için yaratmıştır Tanrı onu.

İlgimi çeken, bir erkeğin kendini Hemingway ekolünden görmesi değil, esas biz kadınların bir efsaneye inanmakta bu kadar istekli davranmamız. Muamma olan bizim kendimize yaptığımız...

Güçlü hafıza insanı güçsüzleştirir mi?

Günlerden bir gün, bundan seneler evvel, ismini kendime soyadı seçtiğim annem Şafak Hanım ile yurtdışı seyahatine çıkıyoruz, ana-kız. "Sekiz günde devr-i mazi" koyuyorum bu yolculuğun ismini. Zira annemle beraber Fransa'ya, Strasbourg'a, vaktiyle yaşadığımız evi, doğduğum hastaneyi ve daha bilumum "tarihi" harabeleri görmeye gidiyoruz. Nostalji bu ya!

Yola çıktıktan kısa bir süre sonra anlıyorum ki pek de parlak bir fikir değilmiş bu. Zira annem iki adımda bir duygulanıyor; bir şey söylemese bile yüz ifadesinden belli. Acaba geçmişi hatırlamak mı daha iyi, yoksa hepten silip unutmak mı? Sağlam bir hafıza, sağlam bir duruş mu demek hayatta? Bünyeye bir faydası var mı? Yoksa, tam tersine, içten içe zararlı mı?

Ben bunlara kafa yorarken ulaşıyoruz eski şehrimize ve mahallemize. Bir zamanlar oturduğumuz apartmanı buluyoruz. "Her şey ne kadar değişmiş" diye mırıldanıyor annem. "Hem de ne kadar aynı."

Ben, onun neler hissettiğini anlamaktan âciz, yürüyorum peşi sıra. Çıkıyoruz asansörle. Zili çalıyoruz. Asabi bir hatun açıyor kapıyı. Kafasında bigudilerle karşımızda duruyor. Film karesi gibi.

Mutfaktan yemek kokuları ve cızırtılar yükseliyor. Bir

şeyler kızarmaktan ziyade galiba yanıyor. Kadına elimden geldiğince nazik bir üslupla, 1971 senesinde burada oturduğumuzu, ben doğar doğmaz bu eve getirildiğimi, annemin bunca zaman sonra merak edip görmek istediğini söylüyorum, mahcubane.

Kadın suratıma bakıyor boş boş. Bir tek kelime çıkıyor ağzından: "Niye?"

Ve ben bu soruya cevap veremiyorum. Merak ediyorum, acaba felsefi ve varoluşsal ve derin bir yanıt verebilseydim oracıkta, içeri alır mıydı acaba bizi? Yoksa ağzımla kuş tutsam bile buyur etmemekte kararlı mıydı? Öyle ya da böyle, kös kös geri dönüyoruz.

Bir kafede oturuyoruz ardından. Annemi neşelendirmek için masanın üzerinde duran peçeteyi kaptığım gibi bir şeyler çizmeye başlıyorum. Kalem kendiliğinden hareket ediyor. Bakıyorum ki bir şema çizmekteyim. Daha evvel resmettiğim bir şey değil bu. Bir yerde görmüşlüğüm de yok. Bir evin planı. Balkon, oturma odası, mutfak... Anneme anlatıyorum: "Bak, balkona şuradan çıkılıyordu; burada da koltuk vardı. Masa şöyleydi..."

Şafak Hanım, gözleri fal taşı, bakıyor. Yüzünün rengi atıyor. "Nereden biliyorsun bunları?" diye soruyor.

"E, hatırlıyorum" diyorum.

Kafasını sallıyor. "Mümkün değil. Çok küçüktün. Bebektin daha. Nasıl hatırlayabilirsin?"

Kimse anlatmadı bana bu evi. Bundan eminim. Bir yerde de görmedim. Ama sahneler var zihnimde. Olabilir mi? Yoksa hayal gücüm bana oyun mu oynuyor? Hafıza mı, hayal mi? Cevabı bilmiyorum. Muhtemelen hiçbir zaman bilemeyeceğim. Sahi insan ne kadar geriye gidebilir hatıralarında? Siz kaç kilometre taşı öteye uzanıyorsunuz? Nasıl oluyor da yaşlılar en yakın hatıralarını daha çabuk kaybederken ta çocuklukta yaşadıkları anlara daha sıkı sarılıyorlar? Öyle bir muamma...

Massachusetts Üniversitesi'nin *Technology Review* adlı dergisinde yayımlanan bir yazı var ki hayli ilginç. "Güçlü bir hafızaya sahip olmak aslında kötü bir şey mi?" diye soruyor. Daha ziyade hayvanlar âlemine odaklanıyor araştırma. Doğada alışkanlıklarına (dolayısıyla hafızalarına) göre hareket eden hayvanların "oportünist" (yani duruma göre, kendi çıkarları için daha iyi olan neyse onu seçen) hayvanlara göre geride kaldıklarını söylüyor özetle.

Düşündürücü bir tez. İnsanlara uygularsak, kıssadan hisse şöyle: Geçmişe fazla bağımlı olmamakta yarar var. Benzer bulgular Columbia Üniversitesi tarafından da doğrulanıyor. Mesela çok daha fazla tarihsel detay hatırlayan insanların yeni ve güncel hadiseleri akıllarında tutmakta daha çok zorlandıkları biliniyor. Bir anlamda "hafıza fazlalığı"ndan mustaripler.

Sevdiğim kalembazlardan Milan Kundera, nostaljinin matah bir şey olmadığını anlatırken, kelimenin kökenini hatırlatır. Nostalji kavramının çekirdeği olan "nostos", eski Yunanca "dönüş" anlamına gelir. "Algos" ise "hüzün" demektir. "Dolayısıyla" der Kundera, "nostalji, geriye dönme arzusundan kaynaklanan ve karşılık bulamayan bir hüzün, hatta acı çekme halidir".

Strasbourg'da çizdiğim peçete tesadüfen elime geçmeseydi bugünlerde herhalde aklıma gelmezdi bu hadise. Ama mademki buldum, iki seçenek var şimdi önümde: Ya saklamalı, koleksiyon yapmalı tat vermeyen anıları... Ya da her göçebenin yaptığı gibi sonbaharı sonbaharda, ilkbaharı ilkbaharda yaşamalı.

Açıyorum pencereyi; usulca rüzgâra bırakıyorum peçeteyi...

Uçurtma oluyor uzaklaşıyor benden, benliğimden...

Mor kar

Dışarıda hiç durmadan kar yağıyor. Pencereden ötesi bir takvim yaprağına dönüşmüş. Hani şu gece gündüz radyo çalan oto tamircilerinde, koyu yeşil çuhaların hâkim olduğu ortaokul-lise müdür odalarında, yoğurt kabında menekşe yetişebilen devlet dairelerinde, duvarda bir yerde asılı duran o manzaralı takvimlerden. Ağaçlar, çatılar, yollar, her şey ve herkes beyaza bürünmüş. Kedilerin bıyıkları camdan. Yaşlı bey amcaların, hamile kadınların kâbusu olan incecik buz tabakaları kaldırımları kaplamış, parlıyor göz kırparcasına. Havada bir heyecan. Rüzgârda bir tazelik. Uzakta kartopu oynayan çocukların sesleri. Tombul bir kardan adam dikiliyor yol ortasında. Kim bilir kim yaptı, ne zaman? Burnunda havuç yerine kırmızı Starbucks bardağı.

Seyrediyorum karla beraber değişen âlemi. Biliyorum sevinmeli, ayak uydurmalıyım. Ben de katılmalıyım bu coşkuya. Yarın karlar eridiğinde, beyaz çamura döndüğünde bu letafet kalmayacak. Tüm güzellikler gibi bu da geçici. Kıymetini bilmeli, tadına varmalıyım; çizmelerimi çekip hiç olmazsa bir tur atmalıyım. Farkındayım bunların. Lakin...

Gözümün önüne *Doktor Jivago*'dan sahneler geliyor. Rusya bozkırları, savaşlar, iç savaşlar, lapa lapa kar ve acı çeken âşıklar. Daha neşeli şeyler düşünmek istiyorum halbuki kar yağarken. Yeniden deniyorum. Bu sefer Herta

Müller'in insanın içini oyan, uykularını kaçıran, keskin ve gerçekçi gözlemleriyle dolu romanları düşüyor aklıma. Doğu Almanya, komünizm, baskı, sürgün, açlık ve dinmeyen tipi. Bir gayret daha gösteriyorum. Bu sefer Primo Levi'nin kitapları beliriyor havsalamda. Trenler dolusu esir, Nazizmin yükselişi. Soğukta titreyen bedenler. Hemen açıyorum gözlerimi. Vazgeçiyorum. Edebiyat tarihinden kar ve kış temalı referanslar aramamak en iyisi.

Peki nedendir benim şu beyazlığa sevinememem?

Depresyon tuhaf bir kelime. Yabancı, yabansı. Bir karmaşayı aydınlatmaktan ziyade üstünü örtüyor neredeyse. Yerine başka kavramlar, başka tınılar bulmalı. Karla beraber gelen depresyon için özel bir isim olmalı mesela. Kar-dep. Yazla beraber gelen bunalım içinse ayrı: Yaz-dep.

Renklerden beyaz ile bendeniz senelerce küs kaldık. Ne evlenirken kendisini giydim, ne de başkalarının neden giydiğini anlayabildim. Eskiden beyaz kaplanmış bir koltuğa yahut kanepeye oturmakta dahi güçlük çekerdim. *Pinhan* veya *Şehrin Aynaları* romanından sonra çıktığım bir televizyon söyleşisinde (neyse ki canlı yayın değil) sandalye beyaz olduğu için oturamadım. Bilemiyorum ki karla beraber gelen bu melankolinin sebebi sadece bir renk midir?

Yoksa evden çıkamıyor olmak mı mesele? Kapının ötesi kar tepesi, yollar kapalı. Trafikte zincirleme arabalar, çıldırmış sürücüler. Tüm bunlar yaşanırken uzaklaşmak imkânsız bulunduğun yerden. Bana da bu "durma mecburiyeti" ağır geliyor. Hafiften başlıyor panik atak, cezvede yükselen kahve gibi içimde köpürmeye, kabarmaya, fokurdamaya.

Eskiden olsa böyle dip durumlarda, doktor kontrollü, reçeteli bir Xanax alırdım. Artık yapmıyorum. İnsan anne olunca, baba olunca, bir de doğrusu kırkına varınca, hızlı trenle olgunlaşıyor. Öyle zırt pırt, özgürce bunalıma girmiyorsunuz. İnsanın kendisini didik didik harap etmesinin bile bir mevsimi varmış meğer.

Ben de meditasyon yapmayı deniyorum.

Kimilerine göre, "dua etmek, insanın Hakk'a sesini duyurma gayreti. Meditasyon ise O'nun sesini duyma çabası". Kimi inançla yapar meditasyonunu, kimi dünyevi bir bakış açısıyla. Benimkisi ise daha ziyade edebi. Kapıyorum gözlerimi. Karanlıkta kelimeler uçuşuyor. Birinciyi es geçip, ikinciyi de, üçüncüsünü yakalıyorum avuçlarımla. Hani eskiden oynardık, "bir sıçan, iki sıçan, üçüncü kapana kaçan". Tuttuğum kelimeye bakıyorum merakla. "Hayal gücü" yazıyor. Bırakıyorum uçsun semada. Tekrar bir sözcük yakalıyorum boşlukta. Bu seferki "hüzün". Benim meditasyonlarım böyle. Zihnimi temizleyip sakinleştirmekten ziyade Osmanlıca-Türkçe sözlük okuyorum.

Akşama doğru telefon açıyorum Eyüp'e. "Karı neden sevmediğimi keşfettim!"

Ahizenin ucunda sessizce bekliyor, sabırla. Devam ediyorum: "Çünkü çok beyaz. Tekdüze. Mükemmelliği çağrıştırıyor. Kar bana totaliter rejimleri anımsatıyor. Komünizm Almanya'sına düşmüş gibi oluyorum."

"Yani şu güzelim kara bakınca bunlar mı geliyor aklına?" diyor en sonunda. "Çık o zaman sprey sık!"

Bir kutu sprey boyam var. Graffitilerde kullanılan türden. Morun en deli hali. Püskürtüyorum bahçedeki karların üstüne. Rüzgâr, yaramaz rüzgâr, yarısını yere döküyor, yarısını üstüme. Moru mor bir melankoli dehlizinde geziniyorum İstanbul'da kar yağarken...

Uzaktan sevmek

"Seni uzaktan seviyorum..." diye düşündü erkek içinden. "Yaklaşmadan, anlatmadan, anlaşılmadan... Ben seni beklentisiz seviyorum. Hiçbir şey ummadan, talepte bulunmadan, hayal bile kurmadan. Kendi içimde taşıdığım, sessiz sedasız bir sır bu. Ben belki de senden çok bu sırrı seviyorum."

Sırrın senden bile güzel çünkü, senden bile özel. Sırrın bir billur kadeh, kırılmasın diye yüreğimde taşıyorum. Sırrın nazenin bir mum alevi, sırf yanmaya devam etsin diye karanlığı gündüze yeğliyorum. Kimse bilmiyor, bilmesi de gerekmiyor. Hem kim ne anlar? Ateş bu, hep düştüğü yeri yakar. Bense ne bir şeyleri değiştirmek peşindeyim, ne bir yere varmak. Ne sahip olmak derdindeyim, ne kendimi kanıtlamak. Her şey olduğu gibi kalsın istiyorum. Ben hep bir sıfır mağlup olayım; sen hep uzak bir hayalden ibaret. Sen olduğun gibi kal. Ulaşılmaz. Dokunulmaz. Koklanılmaz. Ben olduğum gibi. Dünya olduğu gibi. Merkez Efendi'nin dediği gibi, "her şey zaten dengede ve ahenkte, canım efendim. Her şey zaten merkezinde".

Ben senin ismini tarçın kokulu akideşekeri gibi tutuyorum ağzımda, damağımda, ruhumda. Kaygılarını biliyorum, yalnızlıklarını, kırgınlıklarını ve hırslarını da. Kalbinin ritmini duyuyorum; yanında olmasam, elini tutmasam da. Ruhunun en çirkef, suretinin en çirkin, zihninin en çiğ hallerini biliyorum; hiçbirini gözlerimle görmemiş olsam da. Ne bir mükâfat verdin bana, ne bir ceza. Ama cennetini de biliyorum, cehennemini de.

Seni olduğun gibi sevdim, tüm günahların ve arızalarınla. Uzaktan sevmenin en güzel yanı bu zaten. Kimseyi değiştirmeye kalkmıyorsun. Her şeyi olduğu gibi kabulleniyorsun. Aynı gök kubbenin altında yaşadığımızı bilmek yetiyor bana. Başımızı kaldırdığımızda gördüğümüz sema aynı, yıldızlar aynı, dolunay aynı. Bunu bilmek yetiyor bana. Umurumda değil ki nerede uyuyorsun, kimin yanında.

Bacağında şarapnel parçasıyla yaşayan bir asker gibiyim. Etimde yabancı bir madde, kemiğimde bir metal parçası gibi duruyor aşkın bende. Başkası duysa korkar, "Aman" der. "Nasıl olur? Böyle de yaşanır mı?" Halbuki ben alıştım. Rahatsız etmiyor beni, onu anladım. Şarapnel ve ben, gül gibi geçiniyoruz, yan yana ama karışmadan birbirimize.

* * *

"Seni uzaktan seviyorum..." diye geçirdi kadın içinden ve başını çevirdi. Bakmadı bile ondan yana. Bakması gerekmedi.

Ne güzel uzaktan sevmenin rahatlığı, hafifliği, beklentisizliği. Herkesin ha bire birbirinin hayatı hakkında konuştuğu bu dünyada "biz" diye bir şey olmayınca, hakkımızda konuşacak bir şey de bulamıyorlar ya, ne güzel. Özgürlük işte!

Sen özgürsün. Dilediğin zaman gidersin aklının estiği yöne. Tutsaksın bir o kadar. Mecbursun kendi sorumluluklarına, alışkanlıklarına, hayatına. Yapışmışsın kabuğuna. Hayalimdeki sen gerçek senden daha özgür aslında. Görsen, hayalimdeki seni kıskanırsın.

Seni sevdiğimi söylememekteki ısrarım bu yüzden. Her şey böyle daha duru, daha güzel. Söylesem büyü bozulur. Zaman ağırlaşır, zaman hantallaşır. Doğallık kaybolur, konuşmalar yapaylaşır. Söylesem dünya durur, bir daha hiçbir şey aynı olmaz. Sen değişirsin. Bir başka hal gelir üzerine. Bir beklenti, bir istek, bir kıvanç, gizliden gizliye bir kibir siner bakışlarına. "Âşıklar kibirli olur" demiş şair. Sevdiklerini fethedilmiş bir kale gibi görmeye kalkarlar. Bense hayat boyu susmaya razıyım, o kibri gözlerinde görmektense.

"Böyle adama
Yaklaşmaz hiçbir güzellik
Doğduğu günden beri kalbinde bir delik,
Almak için bütün sızıları içine."

Oğuz Atay tanısa, seni anlatmak için söylerdi bunları. Bütün sızıları içine çeken adamsın çünkü. Bir de beni almanı istemem o delik kalbine.

* * *

Uzaktan sevmek daha güzeldir bazen. Ne incitir, ne acıtır. Ne yaralar, ne kanatır. Gözlerinle görmediğin ama sesini duyduğun, varlığıyla huzur bulduğun bir denizin yakınında yürümek gibidir böyle sevmek... Uzaktan sevmek en güzelidir bazen.

Kaç yüzü var sevgilinin?

Bir insanın kaç ayrı yüzü var? Kaç farklı kişilikten oluşmakta "ben" dediğimiz varlık? Her birimiz iyi kötü bir vitrin taşımaktayız göğüs kafesimizde. Durup durup yeniden düzenlediğimiz, özenle cilalayıp parlattığımız, başkalarına sergilediğimiz nice hallerimiz... Camın ardına, dışarıdan bakınca en kolay görünecek noktalara ya en güzel ya da albenili yanlarımızı koyuyoruz. Halbuki bu arada dükkânın içi karman çorman. Her şey var orada. Vitrindeki o nadide parıltı dışında. Rengârenk yamalı bir bohçadır ruhumuz. Fraklı ipliklerle dikilmiş anı ve an parçaları. Her sevdadan, her ayrılıktan, her hayalden ve dahi hayal kırıklığından geriye kalan artık kumaşları taşıyoruz, emanet sırtlanır gibi. Sevdiğimizi deli gibi seviyor, kıskanıyoruz ya, lakin anlamıyoruz çoğu zaman. Sevgili bir bilmece. Sevgili bir yumak, dolaşmış ipleri bir zaman bir yerlerde. Kendi bile çözmekten âciz, hele biz. Korkuyoruz bu bilinmezlikten. Korkuyoruz sevgilinin esrar perdesinden. Kabullenemiyoruz aslında kendimizi de, sevdiğimiz insanı da ne kadar az tanıdığımızı. Aksini ispat etmek için ne çok çaba sarf ediyoruz. "O bunu sevmez" diyoruz sevgili hakkında. "O şunu yapmaz." Fethettiğimiz bir kale, gördüğümüz bir diyar, altın anahtarını elimizde tuttuğumuz bir şehir gibi bahsediyoruz sevgiliden. Demiyoruz ki, "O bir yapboz, parçalarını bulamadım daha". Demiyoruz ki, "O deniz kenarında kuma yazılmış bir yazı, her dalgada sil baştan". Her şey gibi, her insan gibi, neden ve nasıl döndüğüne bir türlü akıl sır erdiremediğimiz şu deli dünya gibi, sevgili de sudan müteşekkil. Ne toprak, ne taş. Suyuz tek tek her birimiz. Su dediğin akışkan, su değişken. Su bugün böyle, yarın almış başını gitmiş bir başka âleme.

Bu bölünmüş hallerimizi belki de en çetin yaşayan ve yansıtan yazarlardan biri, Amerikalı romancı, denemeci ve oyun yazarı Gore Vidal idi. Sivri dilli, alaycı, hayata hep bir parça yukarıdan bakan, beğendiğini kolay öven, beğenmediğine hoyrat, iflah olmaz benmerkezci, dürüst, narsisist, yetenekli, belagati kuvvetli, zor adam... Gore Vidal renkli ve çelişkili bir kişilikti. Seveni de çoktu, sevmeyeni de. Çok insanın ayağına basmış, ahını almışlığı vardı. Bilhassa başka yazarlar hakkında keskin sirke gibi nahoş sözler sarf etmesiyle meşhurdu. İkiye ayırmıştı insanlığı adeta. Sevdikleri ve sevmedikleri arasında kalın duvarlar örmüştü. Sevmediklerine karşı acımasızlık derecesinde alaycıydı. Dili zehir, zekâsı müthiş, kalemi kuvvetliydi. Farkındaydı da bunun, kendine *gentleman bitch* adını takmıştı. Tam çeviri olmasa da, "efendi kaltak" demek doğru geliyor bana. "Kazanmak yetmez, başkalarının yenildiğini görmek lazım" demişti bir seferinde. "Ne zaman bir arkadaşım başarılı bir iş yapsa, ben biraz daha ölürüm" diyecek kadar açıksözlüydü kıskançlığında. Siyasete de atıldı. Ateşli bir demokrat olarak kendine o zor kulvarda yer açmaya çalıştı. Amerikan iç ve dış politikasını yerden yere vuran onlarca yazı kaleme aldı. Politik duruşundaki keskinlik, sevenlerini de, sevmeyenlerini de artırdı. Eşcinseldi. Eşcinselliğin konuşulamadığı bir dönemde o cinsel tercihlerini saklamadı. Öte yandan, oldukça varlıklı ve ayrıcalıklı bir aileden geliyordu. Çocukluktan beri ona öğretilen "ailenin itibarını zedelememek" öğretisi vardı. O sorumluluğun altında ezildi nice zaman. Mutsuzluğu, kırgınlığı gün oldu diline vurdu. Canı yandıkça can yaktı. Birkaç sene önce öldüğünde onu yakından tanıyan bir yazar arkadaşının kaleme aldığı ölüm yazısı çarpıcıydı. "Sizin tanıdığınız o kavgacı, hırçın edebi kişilik ile benim bildiğim merhametli, sevecen Vidal arasında çok fark var" diyordu. Yazıdan anlıyoruz ki dost ve doğal ortamlarda, vitrinin ışıklarını değil dükkânın kapılarını açtığında gayet sıcak, tatlı dilli, esprili, şefkatli biriydi Vidal. Lakin ne zaman bir televizyon programına çıksa ya da etkinliğe katılsa en nahif kahkahalarını çekmeceye koyar, kılıçlarını kuşanırdı. Hayat ya savunma ya saldırıydı. Dost meclislerinde olmasa da kamusal alanlarda hep uydu bu kurala. Günün sonunda, bir gayya kuyusu her insan...

Tatilciler, işkolikler ve geri kalan şaşkınlar

Anlatacağım bir tatil sahnesidir, bundan birkaç sene evvel yaşanmış. Henüz atlattım ya şokunu, galiba ancak yazabiliyorum. Bir mekân tasavvur edin, diyelim Akdeniz'de cıvıl cıvıl bir ada ya da Ege'de sempatik bir kasaba veya yurtdışında gene turistlerin akın ettiği bir diyar, bir parça fiyakalı. Hayırlı bir kutlama için gitmiş olalım oraya. Etrafta arkadaşlar. Gelin ve damat, havada aşk. Ve dostluk, buram buram. Sıcak olsun hava, hem de ne sıcak. Yaz ortası. Şirin mi şirin, kireç kaplı evler, mavi kapılar, dizili boncuklar; bir de maksimum sıcaklığa ayarlanmış saç kurutma makinesi gibi üstümüze üstümüze üfüren amansız bir rüzgâr. Nefes almak ne mümkün. Bilhassa tepeden tırnağa siyah giyiyorsanız benim gibi, niyeyse, inatla, sebatla.

Bakıyorum etrafıma. Beyazlar, maviler, pembeler giymiş arkadaşlarım. Tiril tiril uçuşuyor etekleri, gömlekleri. Eski Romalıların togaları gibi uzun keten tunikleri. Ayaklarında deri sandaletleri. Kadınların pembe-kırmızı parlak ojeleri. Ve bir türlü telaffuz edemediğim o renk tonu: Fuşya! Ben ki dilde çeşitlilik severim, yeni kelimelere de açığım, sevemedim işte bir bu kelimeyi. İsmi "fuşya" olan bir renk nasıl giyilir, anlamaktan âcizim. Gülüyor, şakalaşıyor herkes. Kimsenin içerilere kaçtığı yok hani. Kimsenin kaşları çatık değil. Nasıl olup da damla damla erimediklerini kestiremiyorum. Bir ben miyim bu havaya dayanamayan, bunalımda olan? Sokaklarda gezinen, kafelerde oturup sigara tellendiren, dondurma yalayan bronzlaşmış tatilcileri izliyorum; her gün şezlongda düzenli olarak arkalı önlü uzanmanın ödülünü gören cesur insanlar bunlar. Tenleri karamel rengi, yanakları buğday; ne vakit, nasıl böyle oldular? Başka bir gezegenden buraya ışınlanmış gibiyim. "Hadi gidelim ya" diyor biri. Yürüyüşe çıkacakmışız anlaşılan. İşaret ettiği yöne bakıyorum, alabildiğine açık bir alan, ufukta ne bir ağaç gölgesi, ne bir dükkân tentesi, ne bir katre insaf. Çiftler hemen el ele tutuşuyorlar. Salına salına yürüyor yayalar. Nasıl olup da bir öğleden sonra, kırk üç-kırk dört derece sıcaklıkta dışarıda bulunmayı göze alıyorlar? En sevdiğim arkadaşlarımı tanımakta zorlanıyor, anlayamıyorum. Ve siniyorum olduğum yerde.

Gece vakti mutfakta yürürken üzerine fener tutulmuş böcek gibi donakalıyorum. Ne bir adım öne, ne bir adım arkaya. Ben yürürüm bana kalsa da bacaklarım itiraz ediyor. Eyüp yanıma gelene kadar öyle duruyorum yol ortasında. "Gene ne oldu?" diyor, sempati yoksunu bir sesle. İki kelime çıkıyor kurumuş dudaklarımdan. "Çok sıcak..." "E herhalde, yazın başka ne olabilir?" Ben de onu anlatmaya çalışıyorum herkese zaten! Yazın elbette kavurucu olur hava. Mevsimin bir kabahati yok, neyse o. Dürüst mevsim. Peki ama biz insanlar ne demeye yaz olur olmaz koşuyoruz, arkamızdan kovalayan varmış gibi tutup da en sıcak yerlere? Yani yaz ayları boyunca İskandinav ülkelerine gidenlere, kutupları hedefleyenlere rastlamadım daha. "Kuzey" kelimesi silinmiş sanki tabelalardan. Varsa yoksa güney! Lakin güney dediğin bin kubbeli bir hamam! Asfalttan ayakkabıma yapışan fuşya renkli sakıza bakıyorum acıklı gözlerle. Anlatamıyorum ki kendimi aynen o sakız gibi hissediyorum şimdi. Üzerime yaz mevsimi basmış.

Ertesi gün öğlen mutsuz gözlerle bakarken etrafa, oracıkta birini fark ediyorum. Biri daha var güneşlenmeyen, gezinmeyen, eğlenmeyen. Sırdaş bulmuş gibi yanına gidiyorum hemen. Orta yaşlı, saçsız bir adam bu. Ayaklarında sandalet yerine çoraplı ayakkabılar. Önünde bilgisayar ekranı, yığılı kâğıtlar, iki ayrı cep telefonu, *excel* dosyasından şirket dokümanlarını okuyor. Telefonu çalıyor ha bire, sekreteriyle konuşuyor, derken başkalarıyla. Ben elimde okumakta olduğum roman, durup düşünüyorum. Acaba ona mı benziyorum? Yoksa insanlar üçe mi ayrılmakta? Bir "tatilciler" var. Düzenli olarak tatil yapanlar veya her zaman tatil yapamasalar bile bu dönemin gelmesini dört gözle bekleyen, bütün sene tatil hayal eden insanlar. Bir işkolikler var, kel kafalı adam gibi *excel* dosyalarını yanlarında taşıyanlar. Bir de geri kalan bizler var: "Tatil gibi tatil"den hazzetmeyenler lakin bunu bir türlü ifade edemeyenler. Biz şaşkınlar. Biz kafası karışıklar. Asfalta yapışan sakız, mutfakta donan böcek ile hemhal olanlar...

Tembellik bir hak mıdır?

Küba'da dünyaya gelmişti o Fransız düşünür. Yakışıklı, zeki, cevval ve karizmatikti. Biteviye arayış halindeydi; kabına sığmaz su idi yüreği, taşkın ve delişmen. Toplumsal meselelere kayıtsız durmak, bigâne kalmak bir kenara, dayanamazdı en ufak bir haksızlığa. Çocukluğundan beri böyleydi; duyarlı, duygusal, adaletperver ve bir o kadar kelimeşinas. Fesahat ve belagati aşikârdı. Bilgi düzeyi ve analiz kabiliyeti kadar. Severdi onu kadınlar. Çoktu hayranları. Her kesimden hatunun kalbinin anahtarı onda saklıydı. Genç kızlar, dul bayanlar; ister burjuva olsun, ister işçi sınıfından.

Müthiş bir okur, beter bir öğrenciydi. Tıp alanında öğrenim gördü. Lakin üniversite sıralarında ders kitaplarından ziyade kendi kendine belirlediği okuma listelerini hatmetmeyi yeğledi. Hegel, Fourier, Comte, Feuerbach ve bilhassa Proudhon. Nerede kurulu düzeni eleştiren çılgın bir enerji varsa, mıknatıs gibi çekti onu. Değişimden yanaydı. Silmek istiyordu pek çok şeyi bir kalemde. Yenilemek ve yenilenmek.

Sene 1865. Karl Marx ile tanıştı. Bu buluşma her ikisinin üzerinde derin iz bırakacaktı. O andan itibaren Marksizme artan bir sempatiyle bakmaya başladı genç adam. Âşıktı üstelik, Marx'ın kızı Laura'ya. Marx da büyük bir sevgi besliyordu ona karşı. Sonunda damadı olmasına izin verecek kadar.

Bahsettiğim kişi Paul Lafargue. Bir türlü çözemediğim bilmece; parçalarını birleştirip bütününe varamadığım muamma adam. Neden mi? Tembelliği bir hak, hatta kişinin taşıdığı en önemli ve insani ve evrensel değerlerden biri olarak görüp savunduğu için. Bir yanım anlıyor, bir yanım ise muhalefette.

Ben ki daha ziyade, Anton Çehov ekolündenim. Çehov'un dediği gibi, inanıyorum ki, "bizi çalışmak kurtarır". Hamallık, angarya, ter dökmek, emek vermek, didinmek, ha bire dişinle tırnağınla kazıya kazıya çabalamak... Bunları severim. Çalışkan biri olduğumu iddia etmiyorum lakin çalışmaya müptelayım, onu biliyorum. Kariyer için değil; bir yerlere gelmek, unvanlar payeler edinmek, illa da bir şeyler "olmak" için değil; "varmak" için dahi değil, sadece ve sadece "gitmek" için, sırf gidebilmek, buradan öteye firar edebilmek için...

Boş durmamak, hareket etmek, hep ama hep didinmek, kendinden ötesini merak etmek, hudutları aşmaya gayret etmek anlamında. Dolayısıyla Paul Lafargue gibi süper-karizmatik bir adam çıkıp da karşıma, yüzyıllar ötesinden ve kitaplar içinden, bana tembelliğin bir hak olduğunu söylediğinde, hafiften bozuluyor kimyam. Ya sizin?

Ona kalsa o kadar vahim bir şeydi ki çalışma tutkusu, dünya üzerindeki yoksulluğun sebebini bile buna bağlıyordu neredeyse. Yani insan, en doğal hakkı olan özgürlüğünü unutup kendini çalışma ahlakına ve çarkına adamıştı ya. Bir köyde, kasabada ya da şehirde fabrika açmanın korkunç bir şey olduğuna inanıyordu mesela. Bırakın orayı kalkındırmayı. İnsanlara ekmek kapısı olmayı... Zira Paul Lafargue'a göre her fabrika, insanları hiç durmadan çalışmak zorunda bırakacak, mutsuz edecekti. Velhasıl çalışmayı bir tarafa, insanı mutlu eden her şeyi (aşk gibi, özgürlük gibi, dostluk gibi) bir kenara koyuyor ve bunların zinhar bağdaşmayacağını savunuyordu.

Çelişkilerle doluydu hayatı, kişiliği. Hepimiz gibi, herkes kadar. Hem böylesine sebatla savunurdu tembellik hakkını; hem baksanız hayatına, didindi durdu senebesene. Fransız Sosyalist Partisi'nin kurucuları arasındaydı. İşçi hareketinin ses ve yankı bulması için uğraş verdi.

Yaşlanmayı fikir olarak sevmediği gibi, ilke olarak "yanlış" addediyordu. İnsanın zihnen ve bedenen aciz içinde kalması ihtimali onu ürkütüyordu. En fazla 70 yaşına kadar yaşayacağını iddia etti hep. Bundan ötesini kendine haram gördü. O mu aşıladı karısına bu asi fikirleri, yoksa Laura da kocası gibi mi bakıyordu hayata, bilemiyorum. Ama gün geldi, üstelik hiç de "ihtiyar" sayılmayacak bir yaşta, tastamam 69'a vardığında kıydı canına. 66 yaşındaki karısı da onunla beraber intihar etti.

Geride bir not bıraktılar. Sağlıklı bir beden ve zinde bir dimağ taşımak gerektiğinin altını çizen bir mektup. İlerleyen yaşla beraber bunları kaybedecekleri için kendilerine ve başkalarına yük olmamaya karar verdiklerini anlatan satırlar...

Okuduğunuzda tüyleriniz diken diken oluyor. Bir insan kendini nasıl böyle programlar? Üstelik tembellik hakkını savunan bir insan?

Vazgeçilmez bir hak mıdır sahi tembellik? Yoksa bizi çalışmak mı kurtarır en başta kendimizden? İki ayrı ekol; iki ayrı felsefe...

Hiçliğin varlığı

Neyzen Tevfik, ruhu şad, toprağı bol olsun, bu diyarlardan gelip geçmiş, en renkli ve sivri dilli, içi dışı aynı ve kimselere zerrece benzemez kişiliklerden biriydi. "Hiçoğlu hiç" idi. Kalender meşrep idi. Rakı-baz, kelam-baz, aşk-baz, canbaz idi. Kendi canıyla oynayanlar, kendi tüylerini yolanlar kavminden... Hem veli, hem deli; kâinatın meraklı ve haylaz öğrencisi, aynı zamanda üstat idi. Onu uzaktan damgalamak, yargılamak, an-la-ma-mak ne kadar kolaydı. Halbuki tanıyanların gönlünde yer edinmişti. Atatürk'ten Mehmet Âkif'e ne çok şahsiyeti etkilemişti o hem berrak, hem taşkın enerjisi.

Şairin çok sevdiğim bir fotoğrafı var; meşhur bir kare: Boynunda, üzerinde "HİÇ" yazan bir tabelayla bakar kameraya. Meydan okur adeta. Kaçımız yanaşırız bugün buna? Kaçımız varız "hiç" olmaya? Filanca ya da falanca değil, şu rütbede veya bu şöhrette değil, sadece ve öylesine bir toz zerresi olarak dolanmaya?

İlginçtir ki "hiçliğin kudreti" bugünlerde epey tartışılan ve itibar gören bir kavram. Ama bambaşka bir bağlamda. Plasebo: Yoklukla gelen varlık. Beynin inandığına bedenin de inanması bir anlamda. Aldığımız bir ilaç, diyelim ki içinde şeker var lakin biz mide ağrılarına iyi geldiğini zannederek yutuyorsak, midemize (bünyemize) faydalı olabiliyor hakikaten. "Plasebo etkisi" artık o kadar önemseniyor ki Harvard Üniversitesi kapsamında Placebo Studies/Plasebo Çalışmaları var! Şimdiye değin önemsiz bir ayrıntı yahut kontrol edilmesi gereken bir sapma addediliyordu. Oysa artık her şeyin beyinde başladığı ve gene beyinde bittiği düşünülüyor. Beyin ise bunca araştırmaya, teknolojiye rağmen hâlâ bir muamma.

Plasebo etkisinin önem kazanmasında İkinci Dünya Savaşı rol oynar. Savaş sonlarına doğru ilaç ve gıda depoları erir cephelerde. Doktorlar yaralılara verecek ilaç bulamazlar. Bilhassa morfin temin etmek güçleşir. Acı çeken askerler için ağrı kesici bulamayan doktorlar, uzaktan bakınca sıvı morfini andıran zararsız bir solüsyon enjekte ederler. Askerlerin yarıya yakını bu yeni ilacın kendilerine iyi geldiğini söyler; ağrıları azalmıştır.

Plasebo, bugün Parkinson da dahil olmak üzere, beyinden kaynaklanan birçok fiziksel sorunu gideriyor. Prozac'tan tutun diğer depresyon ilaçlarına kadar kullanılan pek çok hap, büyük oranda, aslında hastalar o haplara inandıkları için etkili oluyor. Keza alternatif tıp olarak benimsediğimiz nice tedavide geçerli aynı etki. Otların, bitkilerin, merhemlerin elbette bir kudreti var ama bir o kadar onlara inanmanın da.

Bir başka örnek: Bira tüketicileriyle yapılan çarpıcı bir deney var. Üst üste içki içtikten sonra denekler dengesiz yürümeye başlıyorlar. Dilleri sürçüyor. Velhasıl bütün sarhoşluk belirtilerini gösteriyorlar. Oysa bir damla alkol almamışlar gerçekte, çünkü içtikleri alkolsüz bira. Lakin bilmiyorlar. Beyin bir kez inanmayagörsün sarhoş olduğuna, beden hakikaten başlıyor yalpalamaya. Ne ilginçtir ki plasebo etkisi bir tek Alzheimer hastalarında işe yaramıyor. Çünkü hasta aldığı ilacı unutuyor; unuttuğu için ilacın iyi geleceğine inanmıyor. İnanç yoksa, plasebo etkisi Alzheimer hastalarında işlemiyor.

Bunun tersi ise "nosebo". Latince "zarar vermek" fiilinden geliyor. İnsan kullandığı ilacın ya da tedavinin kendisine kötü geleceğini düşündüğü andan itibaren ondan zarar görüyor. Beyin bir kez daha bedenden önde gidiyor. Doludizgin. Yani kötümserlerin kendilerine verdikleri zararın haddi hesabı yok.

İnanç kelimesi Türkiye'de hep din ve dindarlıkla özdeşleştirilir. Kelimeyi daha laik bir çerçeveye oturtmak lazım. Zira barış inanç işi, demokrasi de. Yazarlık da inanç işi, tutkuyla yapılan her uğraş gibi. Aşk da inanç işi. İnanmak kendine, evrene, beraber yaşamanın olabilirliğine. Bireysel ve kolektif düzlemde, hayatımızın her anında bir inanç faktörü var. Harvard Üniversitesi web sitesinde "Plasebo Çalışmaları" anlatılırken düşündürücü bir ifade kullanılmış: "Hayal gücünün, güvenin ve umudun kudreti!" Üçü de ne kadar güç veriyor insanlığa: Hayal gücü, güven ve umut. Savaşlar ve iç savaşlar evvela umudu yok ediyor. Otoriter rejimlerde ilk güven kayboluyor. Ve ne vakit tahammülsüzlük ve sansür zuhur etse hayal gücü zedeleniyor.

İnanç olmadan dünya dönmüyor. Lakin pek çok şeyin olduğu gibi inancın da aşırısı, aşırıya kaçanı zarar. Güneşin olduğu yerde gölge, inancın olduğu yerde şüphe olmalı. İnsanın kendi doğrularından zaman zaman şüphe edebilmesi sağlıklı bir hal. Yoksa doğrularımız olur dogmalarımız.

Son tahlilde tüm plasebo ve nosebo etkilerinin ötesinde mutmain bir mertebe var; kimselere benzemez bir çılgın neyzenin işaret ettiği o yeri, o füsunkâr memleketi, gitmesek görmesek de, varmak zaten ne haddimize, biliyor, hissediyoruz. Beynimiz anlamasa da yüreğimiz kavrıyor o dizenin hikmetini: "Yok olmadan var olmanın yolu yok..."

Bir kuşağın çektikleri sonraki kuşağın hafızasında

Annemle beraber mutfaktayız. O, masanın bir ucunda oturmuş; ben, bir ucunda. Günlerden cuma. Gecelerden daha doğrusu. Gözlerimiz sis, uykusuzluktan ziyade ağlamaktan. Uyumuştu Şafak Hanım, erken yatar oldum olası, ben kaldırdım yatağından panik halde. "Anne, koş, Türkiye'de çok korkunç şeyler oluyor."

İngiltere'de bir evde, neler olup bittiğini kavrayamadan, gördüklerimize inanamadan, bilgisayar ekranlarına bakıyoruz. Annem ki neler görmüş geçirmiş; 1960, 1971, 1980'leri de yaşamış, yüzü solgun şimdi. Durup durup iç çekiyor. "Hep böyle başlar" diyor. "Tanklar, askerler... kaç arkadaşımız genç yaşta ne acılar çekti, ne işkencelerden geçti 1980'de. Unutur muyuz?"

Anlattıklarına doğrudan tanık olmasam da hissettiklerine harfiyen katılıyorum. Bu ilginç bir ayrıntı aslında, zira bir kuşağın çektikleri bir sonraki kuşağın hafızasına da işlenmiş demektir. İnanıyorum ki Türkiye'de demokrasi ve demokrasi kültürü askeri darbelerden, etkileri uzun seneler süren büyük zararlar gördü. Her bir darbenin getirdiği enkaz, bir öncekinden daha vahim oldu. Bir daha asla darbe istemiyoruz. Ne annem, ne ben. Ne onun kuşağı, ne de benim.

Seneler evvel ODTÜ'de, bir sosyal bilimler konferansında dışarıdan gelen bir akademisyenle tartıştığım anı hatırlıyorum. "Bizimki gibi memleketlerde ordu ayar vermezse, siviller çok hata yapar. Her on senede bir bu ayar verilmelidir" demişti. Kulaklarıma inanamamıştım. Militarizmi ve darbeleri kutsayan söylemi demokratlıkla hiçbir zaman bağdaştıramadım.

Ben bir yandan bunları düşünüyor, bir yandan haberleri takip ediyorum annemle. Kahve yaptı Şafak Hanım. Türk kahvesi. Çok özendi köpüğüne. Sanki karmaşa ve korku anlarında insan ufacık ayrıntılara takıntıyla düşkün oluyor: Kahvenin köpüğü gibi. "Kontrol edebildiğim bir tek bu var, bu kaldı" dercesine.

Derken boğuk bir nefes yükseliyor. Bilmiyorum ki annemden mi çıktı benden mi. Meclis'in bombalandığı ana tanıklık ediyoruz sosyal medyadan. Hiç çıkmayacak zihnimden o anki şaşkınlığım, çaresizlik hissim. Bir memleketin iradesinin temsili olan Meclis nasıl hedef alınır? Kendi halkına düşman bir zihniyet olabilir ancak bunu yapan.

Darbeyi her kim ya da kimler planladıysa elbette açığa çıkartılmalı; hem açığa, hem adalet önüne. Şüphesiz ki büyük bir felaketin eşiğinden dönüldü. Biz aslında bir travma yaşadık milletçe. Farkında değiliz olan bitenin psikolojimizi nasıl sarstığının; her travmada olduğu gibi, konuştukça, o anlara döndükçe, hatırladıkça daha iyi idrak ediyoruz yaşananların vahametini, boyutunu. Tabii bir de bilgiler açığa çıktıkça kavrıyoruz işin aslını.

Bütün oklar Gülen cemaatini gösteriyor. Bunun lamı cimi yok. Bundan on sene evvel *Zaman* gazetesinde köşe yazıları yazdım. Edebiyat, sanat, kadın, toplum... O dönem pek çok *Zaman* okurundan mektuplar alırdım yazılarımla ilgili. Bilhassa kadınlardan. Biliyorum ki aralarında son derece iyi kalpli, iyi niyetli insanlar var. Biliyorum ki herkesi şimdi aynı kefeye koymak doğru değil, genellemelerden daha büyük yanılgılar çıkar.

O dönem etnik azınlıklarla, çoğulcu demokrasiyle, cinsel azınlıklarla ilgili yazılarıma çok tepkiler de aldım. Ama muhafazakâr kesimlere de sesimizi ulaştırmak gerektiğini ve zihinsel gettolara bölünmenin yanlış olduğunu düşündüm hep.

Şurası aşikâr ki bir de gölgede kalan bir yanı var cemaatin. Kültür ve eğitimle hiçbir şekilde bağdaşmayan. O çok altını çizdikleri "diyalog" ve "dinler arası hoşgörü" kavramlarıyla asla uyuşmayan, hatta taban tabana zıt. Bu gölgeli yerden hepimizi dehşete düşüren berbat bir karanlık çıktı. Bu karanlığı planlayan insanlar Türkiye'ye korkunç bir kötülük yaptılar. Bilhassa da bu memleketin demokrasisine ve demokratlarına. Ve üstelik bunu niye yaptılar? Sırf kendi iktidar hırsları için.

Ben hükümetin hayranı değilim, AKP'nin iktidarını pekiştirdikçe otoriterleştiğini ve demokratik dünyadan koptuğunu düşünüyor, demokrasi kaybına üzülüyor ve tepkimi gösteriyorum; yazılarımda kaygı ve eleştirilerimi açıkça paylaşıyorum. Birçok demokrat yazar çizer, şair, gazeteci gibi. Ama şu konuda kafam çok net. Hükümetleri beğenmeyebilirsiniz. Eleştirebilirsiniz. Hatta yerden yere vurabilirsiniz yazılarınızda. Aydınların zaten bunu yapması gerekir, eleştirel düşünce olmaksızın ilerleyemez toplumlar. Her ülkede bu böyledir. Ama hükümetler seçimle işbaşına gelirler; demokrasiye inandığını söyleyen, söylediğinde şayet samimiyse, sandığa da saygı duyar. Halbuki darbeciler kimse tarafından seçilmediler. Hiçbir demokratik ya da meşru yöntemle ortaya atılmadılar. Tam tersine, kendilerini bir gece tepeden ve tamamen şiddet yoluyla, tankla tüfekle bu topluma dayatmaya kalktılar. Hırsları gibi iktidar talepleri de gayrimeşrudur.

Darbe girişiminde iki özne çok iyi sınav verdi. Birincisi muhafazakâr-laik, sağcı-solcu ayrımı gözetmeksizin demokrasiyi sahiplenen sivil yurttaşlardır. İkincisi de liberal ve muhalif medya. Liberal medya kolaylıkla ilkelerinden saparak, sırf hükümet aleyhtarı olsun diye darbeye çanak tutabilirdi. Bunu katiyen yapmadı. Demokrasiyi savundu. Halktan gelen destek de, medyadaki ilkeli tutum da tarihe geçecek niteliktedir.

Şafak Hanım ile bana gelince, kahve üstüne kahve içerek o gece beraber sabahladık, anne-kız.

Bir kuşaktan bir kuşağa geçti duyarlılık. Bir daha asla böyle geceler yaşamasın bu ülke.*

* Bu yazı 22 Temmuz 2016'da *New Yorker* dergisinde yayımlanmıştır.

Anti-kırılganların kudreti

Nassim Nicholas Taleb, günümüz düşünce dünyasının en renkli simalarından biri. Seveni de çok, eleştireni de. Abartıldığını düşünenler de var, gayet önemli bir entelektüel olduğunu düşünenler de. Ben kendi adıma sevenlerdenim, hani baştan söylemesi.

Lübnan asıllı Amerikalı yazar, ülkesini tarumar eden iç savaşın acılarını görmüş bir aileden gelmekte. Hayat hikâyesi çarpıcı ve kanımca meselelere nasıl baktığını yakından etkiliyor. Hep korunaklı, steril ve düzenli bir ortamda büyümemiş olmasının derin etkisi var yazılarında.

Bugün ekonomi dünyasının belki de en yakından takip ettiği kalem o. Küresel finansal krizi öngörmüş olmasıyla ünlü. Ve Doğu'da, Batı'da pek çok ülkede tartışma koparan *Siyah Kuğu* adlı eseriyle. Üç milyondan fazla baskı yaptı bu kitap. İkinci Dünya Savaşı'ndan bu yana yazılmış en etkileyici çalışmalardan biri olduğu iddia edildi. Ama ben bu yazıda Taleb'in eski değil, yeni kitabından yola çıkmak istiyorum. Zira memleketimizi yakından ilgilendiren saptamalarla dolu yeni teorisi.

Taleb'e göre yeryüzünde üç temel kategori var. Bunlar insanlar için de geçerli, kurumlar için de, toplumlar ve hatta devletler için de. 1. Sağlamlar. 2. Kırılganlar. 3. Anti-kırılganlar.

Sağlamlar, malum, şoklara ve artçı şoklara dayanabilenler. Kolay kolay sallanmayıp dimdik durabilenler. Kırılganlar ise, adı üstünde, çabuk incinenler, derisi soğan zarı kalınlığında olanlar. Bunlar, "Aman bana zarar gelmesin" diyerek genellikle karmaşadan ve zorluklardan uzak durmaya çalışan tipler aynı zamanda. Yani elini hiçbir taşın altına koymayanlar.

Üçüncü kesim anti-kırılganlar ise en ilginç olanı. Zaman zaman tökezleyen, darbe üstüne darbe alan lakin hemen arkasından toparlayanlar. Kırılganlıklarından kudret devşirenler. Bunlar sağlamlar gibi değiller, çünkü üst üste yıkılıyorlar. Ama kırılganlara da benzemiyorlar, çünkü toparlanıyorlar. Yeni durumlara, değişen düzenlere ayak uydurabiliyorlar. Dizleri, dirsekleri yara bere içinde olsa da tuhaf bir şekilde bermutat yürüyorlar.

Peki sizce sağlamlar mı bu hayatta daha iyi ve emin bir şekilde ilerler, kırılganlar mı, yoksa anti-kırılganlar mı? Taleb'in zihinsel sıçraması tam da bu noktada gerçekleşiyor. Sağlam olmanın pek de matah bir şey olmadığını düşünüyor. Zira sağlamlar belki nice badireleri atlatıyorlar ama bir kez ayaklarının altından halı çekilmeyegörsün anında tepetaklak oluyorlar. Velhasıl sağlamın düşmesi kadar beter bir şey yok. Taleb'e göre doğa ana aslında sağlam filan değil, anti-kırılgan. Ve dayanıklılığını tam da bundan almakta.

Taleb siyaset bilimine de uyguluyor modelini. Suriye'ye ve Mısır'a bakıyor. Her ikisi de "sağlam" kategorisindeydi yakın zamana kadar. Senelerce nefes aldırmadan müthiş bir baskı modeli uyguladılar. Dışarıdan bakınca güçlü ve emin durdular. Hiç değişmeyecekleri zannediliyordu. Ama darbeyi aldıkları noktada tarumar oldular.

Öte yandan, anti-kırılgan ülkelere örnek olarak İtalya'yı gösterebiliriz. Altmış hükümet değiştiren, koalisyonlardan yakasını kurtaramayan, kaosa ve skandallara hiç de yabancı olmayan ama imrenilesi bir toparlanma kabiliyeti olan nadir yerlerden.

Peki biz? Ben Türkiye'nin nevi şahsına münhasır bir anti-kırılgan olduğunu düşünüyorum. Zaman zaman ne yazık ki "sağlam" olmaya özenip demokrasiden uzaklaştığımız kavşaklarda bu özelliğimizi yitirmeye yüz tutuyoruz. O zaman kapalı ve tedirgin bir topluma dönüşüveriyoruz. Bununla beraber, uluslararası uzmanları hayretlere gark edecek boyutta anti-kırılgan yapımız var.

Bir haftadan bir haftaya ruh halimiz değişebiliyor. Bir başka ülkede yaşansa her şeyi altüst edecek krizler bizde umulmadık şekilde aşılıyor. Sonra gidip bir kaşık suda gene boğuluyor, ardından yine toparlanıyoruz. Başka kaç ülkede insanlar tweet atmadan evvel, "Aman bir gündeme bakayım, gene ne olmuş!" der bilemiyorum.

Bir teselli var o yüzden. Sadece Türkiye için değil, biz kadınlar için de. Zira biz hatun taifesi, hiç ağlamayan, zaaflarını zinhar göstermeyen, ha bire kapı gibi duran birçok erkeğe göre daha meyyal oluyoruz duygularımızı göstermeye. Lakin Taleb'in dediğine göre, doğru olan bizimki. Döktüğümüz her gözyaşı, yaşadığımız her zihin karışıklığı, tökezleye tökezleye kırdığımız her ayakkabı topuğu bizleri uzun vadede daha güçlü kılmakta ve daha dayanıklı.

Maviler ve Yeşiller

Bugünlerde Bizans İmparatorluğu ile ilgili kitaplar okuyorum. Vaktiyle nasıldı İstanbul, neler gördü bu koca şehir? Tarih, bilhassa bu toprakların tarihi, ilginç çelişkilerle dolu olduğu kadar düşündürücü, yer yer hüzünlü.

6. yüzyılda, İmparatoriçe Theodora döneminde dünya incisi bu şehrin anlamsız bir kimlik kavgası yüzünden birbirine girdiğini, ikiye ayrıldığını biliyor muydunuz? Bir tarafta Maviler, bir tarafta Yeşiller. İsimlerini Hipodrom'da yapılan yarışlarda farklı takımların kullandığı renklerden almaktalar.

Aralarında derin bir sınıf farkı var. Ve mezhepsel bölünmeler. Maviler üst ve orta sınıf daha ziyade. Yeşiller, alt sınıftan. Ama aynı toplumun çocukları hepsi. Bu basit gerçeği kolaylıkla unutsalar da... Her zaman bir mesafe ve önyargılar olagelmiş iki taraf arasında ancak 6. yüzyıl başlarında giderek şiddetlenmiş bölünme.

En sonunda bir iç savaşa dönüşene kadar. Masum insanların ölümüne, bir kültürün mahvına sebep olan, hiç bitmeyecek gibi görünen ama aniden sona eren gerilimler, kavgalar yaşanmış. Sene 532, Nika isyanında.

Biriken toplumsal gerilim, ufacık bir hadise, bir kibrit ateşiyle alevleniyor. Spor müsabakalarında daha da geriliyor ortam. Günümüz futbol maçlarında yaşanan holiganlığı çağrıştırıyor. Nika isyanları yaklaşık bir hafta sürüyor. Yedi gün boyu dinmeyen bir şiddet ve terör yaşanıyor İstanbul'da.

On binlerce insan ölüyor, sayısız işyeri harap oluyor, en nadide mimari eserler ateşe veriliyor; bulaşıcı bir hastalık gibi yayılıyor öfke, husumet, nefret. Ayasofya'yı parçalıyorlar, ibadet yerlerine saldıracak kadar gözü dönmüş kalabalıklar.

* * *

Şimdi, bin beş yüz yıl aradan sonra durup da bakınca ne kadar boşuna geliyor. Ne demeye çıkmış tüm bu kavgalar, bunca kan dökülmüş, acı çekilmiş, anlam veremiyoruz. Bugün vardığımız noktada kendimizi çok daha ileride addediyoruz. Lakin bir bin sene daha geçse üzerinden, günümüz Türkiye'sini araştıran biri hakkımızda ne düşünür acaba? Sormaz mı kendi kendine, ne demeye bu kadar bölünmüş aynı toprakların evlatları?

Maviler ve Yeşiller diye kutuplaşmıyoruz bugün belki ama yeni isimler altında eski kardeş kavgalarını sürdürüyoruz. Kürtler ve Türkler, muhafazakârlar ve Kemalistler, filancalar ve falancalar... Günün sonunda, şu yaşadığımız gerilimlerin, en az Maviler-Yeşiller tartışması kadar geçici ve yüzeysel olduğunu anlamamız için bin yıl daha atması mı gerekiyor takvimlerin?

Bizans İstanbul'u kendini mahvetti. Kendi elleriyle yarattığı çatlaklar ve kimlik kavgaları yüzünden yaşadı en büyük sarsıntıyı. Nika isyanlarında kazanan taraf olmadı. Ne Maviler, ne Yeşiller. Kayıp ise herkesin ortak kaybıydı. Eserler yıkıldı, evler yakıldı, insanlar telef oldu, kültür-sanat geriledi. Kan döküldü. Aileler parçalandı. Ve yaşananlar bireylere yaramadığı gibi ülkeye de, toplumun bütününe de yaramadı.

Tarih kitapları, insanlığın geçirdiği evreleri öğrenelim, hatalarından ders çıkaralım diye var. Bugün Türkiye'de mevcut kavga ortamı ve kavgacı söylem, her kesimden insanı yıpratmakta, yormakta. Üslupların yumuşamasına acilen ihtiyaç var. Türk-Kürt kavgasının da, muhafazakâr-Kemalist geriliminin de kimseye bir hayır getirmediği ve getirmeyeceği ortada.

İşin tuhaf yanı ne biliyor musunuz? Lütfen sakin bir gözle bakın renk skalasına; ironik değil mi, birbirine ne kadar yakın renkler aslında mavi ile yeşil!

Aynılıkları farklılıklarından fazla olan iki renk pınarı.

Çirkin ama karizmatik

Kadınların böyle bir lüksü olmamıştır hiçbir zaman, fakat erkekler "çirkin ama karizmatik" olarak algılanabilirler kolaylıkla. Hem başkaları, hem de kendileri tarafından. İnanırız bu tanıma, topluca. Belki de bu türün dünya çapında en bilinen örneği: Jean-Paul Sartre. Bu yazıda ünlü Fransız yazar ve düşünürün felsefesini değil, eserlerini değil, hâlâ tartışılmakta olan politik duruşunu değil, kadınlarla kurduğu ve bir türlü kuramadığı ilişkiyi yazmak istiyorum.

Telegraph gazetesinde ilginç bir yazı yayımlanmıştı. Varoluşçu düşüncenin iki büyük kahramanı hakkında: Sartre ve Camus. Biri felsefede, öteki edebiyatta kelimeleriyle bentleri yıktılar. Birbirlerini iyi tanıyan, üstelik bir dönem yakın arkadaş olan bu iki erkeğin arasında tuhaf bir rekabet, hatta düpedüz kıskançlık olduğunu biliyor muydunuz? Belki de tek taraflı bir haset demek daha doğru. Zira kıskanan, olmadık şeyleri kafasına takan, uzaktan bakıp karşılaştırma yapan Sartre olmuş çoğu zaman.

Jean-Paul Sartre tüm dünyaca tanınan, okunan ve sayılan bir entelektüel. Lakin sabahları aynaya baktığında gördüğü yüzden ve bedenden memnun değildi muhtemelen. Ünlü erkeklerin özgüvenlerinin yüksek, kişiliklerinin sağlam ve tutarlı olduğunu zannediyoruz ya kazın ayağı hiç de öyle olmayabiliyor. Sartre'ın Simone de Beauvoir'a yazdığı mektuplarda sürekli bir sızlanma ve şikâyet, teyit ve iltifat edilmeyi bekleme hali var. Aşklarını da anlatıyor ona. Uzun uzun, kıyasıya. Gönlünü kaptırdığı kadınlar konusunda yardımlarını ve önerilerini bekliyor. Simone da tavsiyelerini sıralıyor cevap mektuplarında. Sıra dışı bir çift onlar. Hep öyleydiler ya, yıllar geçti, zaman değişti, gene öyleler.

Sartre'ın peşinden koştuğu kadınlardan bir tanesi de Wanda. Tiyatro oyuncusu, güzel, bohem, genç ve idealist. Hem hoşlanıyor Sartre gibi ünlü bir entelektüelin kendisine ilgi göstermesinden, hem de ne olur ne olmaz, belki daha iyisini bulurum diye belli bir mesafede tutuyor filozofu. "Fazla yaklaşma ama sakın uzaklaşma!" dercesine. Tek taraflı bir çekim onlarınki, daha ilk günden itibaren. İşin aslı Sartre ilk başta Wanda'nın ablası Olga'dan hoşlanıyor. Olga ile onu tanıştıran da Simone de Beauvoir'dan başkası değil. Lakin Olga yazara yüz vermeyince, Sartre bu sefer onun kız kardeşi Wanda'ya meylediyor. Wanda da bir müddet sonra gönülsüz bir sevgili oluyor Sartre'a. İşin tuhaf yanı, Sartre bu kadar âşık olduğunu söylediği Wanda'ya zerrece saygı duymuyor. Hatta onu "böcek kadar aklı olmakla" eleştiriyor. Beyinsiz bulduğu bir kadının peşinden koşarken beynine hayran olduğu Simone ile dertleşiyor. Kopamıyorlar birbirlerinden her şeye rağmen.

Ve derken... Camus çıkıyor ortaya. Fransız edebiyatının asi oğlu, anarşist ruhu. Üstelik yakışıklı. Wanda anında çark ediyor. Sartre'ın isteksiz metresi Camus'ye sırılsıklam âşık oluyor. Camus bir müddet hoşlanıyor genç kadının alakasından, bu sayede gizlice Sartre'ı çıldırtmaktan. Lakin o da ayran gönüllü olduğundan, çok geçmeden Wanda'yı bırakıyor. Ve dönüyor Wanda tekrar Sartre'a. Sartre da tüm bunları anlatıyor Simone'a. Karman çorman bir dünya.

Sartre mektuplarında, nasıl olup da bu kadının, herhangi bir kadının kendisini değil de Camus gibi serseri bir adamı seçebileceğini soruyor. "Benim veremediğim ne olabilir ki onda?" Perdeyi araladığımızda, günün sonunda, kisveleri ve unvanları kaldırdığımızda, bir oğlan çocuğu çıkıyor karşımıza. Ve Simone onu yatıştırıyor; korkularını, komplekslerini dindirip, kendine olan güvenini onarıyor. O enerjiyle tekrar çıkıyor Sartre hayranlarının karşısına.

Kadınların böyle bir lüksü yoktur lakin erkekler "çirkin ama karizmatik, entelektüel ama kaprisli, meşhur ama özünde oğlan çocuğu" olabilirler pekâlâ.

İki Arizona hikâyesi...

Seneler seneler evveldi. Arizona'da öğretim üyeliği yaptığım yıllar. Sırtımda eski bir çanta, elde bavul, kaplumbağa misali; zihnimde gitmek, yollarda olmak hayali. Bir arayış ki kendim de bilmiyorum neden ya da neyi. Sabahları çölden esen rüzgârla gelen yabani ot kokuları, daha evvel hiç işitmediğim kuş sesleri, günbatımlarında kaktüslerin gölgesi. Yazmaya kapanmıştım o dönemde. Herkesten ve her şeyden kopmuş bir halde. İstanbul dilimde bir özlemdi, dinmeyen bir hasret. Uzaktan bakıyordum bunca sevdiğim, ilham bulduğum şehre. Her yanım yara bere. Yanlış sevdalar, yorgun hatıralar, üst üste arızalar. Elimde bir silgi, kendimi siliyordum satır satır; yeniden, taze bir enerjiyle yazabilmek için yıpranmış sayfalara. Arizona'daki ortamla geride bıraktığım hayat birbirinden o kadar farklıydı ki... Romandan koptuğum anlar üniversitede ders vermeye gittiğim saatlerdi bir tek. Bir pencere açmıştı verdiğim seminer, alabildiğine içine kapanık ve münzevi dünyamda.

En sevdiğim öğrencilerimden biriydi. Her zaman başkalarını saygıyla dinler, kimsenin sözünü kesmezdi. Çocuksu bir gülüşü vardı. Biraz utangaçça, akıllı, meraklı, donanımlıydı. Edebiyat severdi, hem de ne çok. Bana en son okuduğu kitapları getirir, beğendiği yazarları anlatırdı dinmeyen bir heyecan ve tutkuyla. Dikkatimi çekerdi, herkes gidip derdini ona anlatırdı. Sınıftaki kızlar kimseye açamadıkları sırlarını ona anlatır, delikanlılar ondan yardım isterdi. Hem böylesine nahif, hem bu kadar bilgeydi. Mezun oldu. Notları yüksekti. Amerika'nın başka bir köşesinde aldı soluğu. Ondan sonra koptuk epeyce, haberini alamadım. Çok da umursamadım, ne de olsa en başarılı olacağına inandığım mezunlar arasındaydı. Sonra bir sabah, bölüm başkanından bir mesaj düştü bilgisayarıma. İntihar ettiğini öyle öğrendim. Hayata en bağlı, tebessümü en içten öğrencimin... En sevdiği yazar, ne tesadüf ki seneler evvel aynı üniversitede okuyan David Foster Wallace idi.

Karen Green genç bir kadın, sanatına meftun bir ressam. Meşhur bir yazarla evli olmanın insan ruhuna ve akıl sağlığına nasıl zarar verdiğini belki de en iyi bilenlerden. *Guardian* gazetesine verdiği nadir bir söyleşide bir makine tasarladığını anlatmıştı: "Affetme Makinesi." Affetmeyi istediğiniz ya da bir başkası tarafından affedilmeyi umduğunuz her ne husus varsa minik minik kâğıtlara yazıp makinenin bir ucundan usulca bırakıyorsunuz. Başlıyor alet onu öğütmeye. Derken bir başka uçtan çıkıveriyor kâğıt; değişmiş, yırtılmış halde. Böyle bir makine olsaydı gerçekten hepimizin evinde, neler yazardık acaba o kâğıtlara? Her ay, belki de her hafta... Karen Green dünya edebiyatının en çok konuşulan ama en az anlaşılan isimlerinden David Foster Wallace ile evliydi. Bir gün eve döndüğünde kocasının cansız bedenini buldu. Bir ip, bir sandalye ve boşluk... "Âşık olduğunuz insan kendi canına kıydığında zaman donuyor sanki, saatler duruyor." Wallace'ın intihar haberi tüm edebiyat âlemini derin bir şokta bıraktı. Öylesine beklenmedik bir sondu onunki, halbuki çok önceden geleceğini haber vermişti. Depresyona aşinaydı yazar. Hayatı boyunca sayısız tedavi görmüş, çeşitli ilaçlar kullanmıştı. Ne tuhaftır ki, derdi de, dermanı da yazmak, gene yazmaktı.

Her kitapta biraz daha derinleşti taşıdığı manevi yük. Halbuki her eserde artmaktaydı ustalığı. Ne hayranlarıyla bir arada olabiliyor, ne hayransız kalmak istiyordu. Ne şöhretten hazzediyor, ne başarısızlığa tahammül edebiliyordu. Zehri de, panzehri de aynı kökten geliyordu.

David Foster Wallace. Çağdaş edebiyatta belki de hiçbir yazar onun kadar ciddi ve fanatik bir hayran kitlesine sahip olmadı. Sadece bir edebiyatçı değil, iflah olmaz bir hayalperest değil, başlı başına bir ikon artık. Hayatta olsaydı sevmezdi herhalde bu durumu, istemezdi. Çekingen, içine kapanık, sessiz ve hüzne yatkın bir adamdı. Şu anki şöhretiyle nasıl başa çıkacağını bilemezdi muhtemelen. Biyografisi için seçilen isim de manidardı: *Her Aşk Hikâyesi Bir Hayalet Hikâyesidir. Time* dergisinin "Büyük Amerikan Romancısı" diye adlandırdığı Jonathan Franzen ile arkadaştı. Ama zor bir ahbaplıktı onlarınki. Bir mektubunda Wallace, muazzam bir dürüstlükle Franzen'a onunla buluşmak istemediğini, zira bu aralar "üretken romancı" görmeye tahammülü olmadığını yazmıştı: "Kafası karışık bir yazar görüyorum kendime bakınca, 28 yaşında başarısız biri, seni içten içe kıskanan zavallı bir adam." Oysa inanılmaz yetenekliydi. Kalemi kuvvetli, zekâsı kıvrak, hayal gücü engindi. Ama kendine koyduğu çıta o kadar yüksekti ki başkalarına yeten ona yetmedi. Ne zaman David Foster Wallace okusam, onunla aynı sonu seçen güler yüzlü öğrencim geliyor aklıma.

Bir bahar akşamı

Her şey bir bahar akşamı başladı. Ufacık, masum bir tıkırtıyla. Mutfaktan gelen belli belirsiz bir ses. Üzerinde bile durmadım evvela. Derken gürültü arttı. Ve siyah, incecik bir kuyruk sallandı yarı aralık duran çekmeceden. Kuyruğun sahibinin ne olduğunu anlamamla çığlığı basmam bir oldu. Londra'da günbatımı. Evin içinde fareler cirit atmakta. Ben çıkmışım bir sandalyenin üstüne, avazım çıktığı kadar haykırıyorum. Meğer bu sandalyeye çıkma hadisesi gerçekmiş, adeta bir refleks.

Hani hep görürdüm filmlerde, inanmazdım.

Abartısız doğruymuş. Hazırlıksız yakalandım farelerin istilasına. Süpürgem bile yok. Bu durumda kim aranır, ne yapılır bilmiyorum. Çocukluğumun Ankara'sında sıçanlar olurdu ama sağ olsun anneannem peynirle tuzak kurar, yakalardı. Şimdi iş başa düştü. Komşuları çağırıyoruz yardıma. Üst kattaki İtalyan gay çift sofradan kalkıp geliyorlar, sağ olsunlar.

Bir tanesi resmen sarhoş. Ayakta duramıyor.

Üstelik fareden tiksinirmiş meğer. İkide bir huylanıyor, ayağına bir şey değdi zannedip havaya sıçrıyor. Taylandlı orta yaşlı aşçı damlıyor az sonra. Derken İsveçli karıkoca ve İrlandalı kadın ressam. Hep beraber Birleşmiş Milletler vaziyetindeyiz, ortak düşmana karşı tek yumruk. Ellerde süpürgeler, eldivenler; yüzlerde maskeler.

Beş dakika geçmeden anlaşılıyor ki en cesurumuz İrlandalı kadın ressam. Bir kez daha takdir ediyorum İrlandalıları. Geri kalanlarımız, ayıptır söylemesi, cesaret sınavında sapır sapır dökülüyoruz. Biz mi fare kovalıyoruz, fare mi bizi kovalıyor belli değil.

Kadın ressam iki fare yakalıyor tek başına. Ayakkabı kutusunda tutuyor ganimetini.

Yakaladık da şimdi ne yapacağız? Taylandlı aşçı Budist çıkıyor. Üstelik Budizmin Theravada kolundan.

Diyor ki, bu zavallı fareler daha evvel dünyaya insan suretinde gelmiş olabilirler. Ressam hatun zaten hayvan öldürmeye karşı. Bırakın fareyi, sinek, sivrisinek ve hamamböceklerine bile zarar vermezmiş. İtalyan gay çiftin sürüngen ve kemirgen öldürmekle derdi yok, yeter ki başkası yapsın. İsveçli erkek her işi uzmanına bırakmaktan yana. "İlaçlama şirketlerine götürüp teslim edelim, onlar bilir ne yapacaklarını" diyor. Derken biri yeni bir fikir atıyor ortaya: "Gidip başka bir sokağa bırakalım." "Muhtemelen bu fareler de böyle geldi buraya" diyor İsveçli kadın. Derin bir sessizlik çöküyor. İnsan kendi evini temizlerken bir başkasının evine nasıl zarar verir?

Bir etik muamma içindeyiz. Sonunda üç dört komşu arabaya doluşup fareleri bırakabileceğimiz bir park arıyoruz. Böylece sonlanıyor macera. Ya da ben öyle sanıyorum. Ertesi gün aynı saatlerde evde gene bir tıkırtı var. Bu sefer komşulara haber vermeyip işin ehlini arıyorum. Meğer ne çok fare avcısı varmış bu şehirde. Üstelik yirmi dört saat açıklar. Telefonda tok bir ses var karşımda, "Fare bir iki taneyse bile umutlanmayın, muhakkak bir ordu dolusu daha vardır" diyor. "Sosyal hayvanlar bunlar, bizim gibi."

Mümkün mertebe acele gelmesini rica ediyorum. Bir saat

sonra bir adam çıkageliyor. Üzerine, "Her türlü haşaratın çaresi var!" yazılı, siyah bir tişört giymiş. Kulağında halka küpe, kollarında devasa dövmeler, ağzında sakız, ayağında komando botları, elinde bilmediğim cihazlar, savaşa gider gibi hazırlanmış.

Bir form doldurmamı istiyor evvela. İlk soru: "Hayvan öldürmeye karşı mısınız?" Ne diyeyim şimdi? Elim varmıyor öteki kutuya. "Karşıyım" cevabını işaretliyorum. Tek tek yakalıyor fareleri. Kafeslere dolduruyor. Bu arada Türk olduğumu öğrenince bir de milliyetçi espri patlatıyor. "İsterseniz gidip bunları Yunanlıların mahallesine bırakayım."

Yunanlılar ile Türklerin kardeş olduğunu söylüyorum. "İyi aman, peki kim var Türklerin düşmanı?" diye soruyor. "İranlıların bahçesi? Rus lokantasının park yeri?" Şovenist ve ırkçı bir fare avcısıyla karşı karşıyayım. Adama zenofobinin kötü bir şey olduğunu anlatmaya çalışıyorum. Başını sallıyor ilgisizce. Bu arada mesleğimi de öğrenmiş durumda. "Tamam o zaman, sevmediğin bir yazar söyle, onu bulalım!"

Nihayet farelerini alıp gidiyor. Tüylerim diken diken.

Ertesi gün gene bir tıkırtı geliyor dolapların arkasından. Ama bu sefer kararlıyım, ne çılgın komşuları çağıracağım, ne fanatik fare avcılarını. Farelerle yaşamayı denemeli ya da bir kedi almalı, Tom&Jerry, böylesi en güzeli.

Kadınların yemekle imtihanı

"Yemek ve kadın" ilişkisi söz konusu oldu mu hatun taifesi üç ana akıma ayrılır: Bir: Uzmanlar. İki: Kotaranlar. Üç: Sefiller.

Uzmanlar, yemek yapmayı son derece iyi bilen, bu konuda neredeyse doğuştan maharetli, seneler içinde kendi stillerini geliştirmiş, alabildiğine tecrübeli ve bilgili aşçılardır. Yirmi dakika içinde muhteşem bir sofra düzebilir, üst üste misafir ağırlayabilir, birbirinden âlâ tencere yemeklerine imza atabilirler. Annelerinden öğrendikleri tarifleri geliştirir; mevcut yapılar üzerine yeni katlar inşa ederek gökdelen çıkabilirler.

Uzmanlar kategorisinden bir kadın hemen her şeyi rahatlıkla pişirebilir. Zeytinyağlısından hamur işine, türlüsünden kadayıf tatlısına. Gözünde büyütmez, paniklemez. Her mönüde rahat olmakla beraber kendine has damak lezzetleri vardır. Kiminin mantısı harikuladedir; kiminin serçeparmaktan ince yaprak sarması. Kiminin patlıcanlı böreği (tarifi ona mahsus) unutulmazdır, kiminin ise pişmesi saatler süren ve sabır isteyen tandır kebabı.

Gelelim Kotaranlara. Modern dünyada sayıları hızla artan kesim budur. Yemek yapma konusunda Uzmanlar kadar becerikli olmasalar ve kendi anneleriyle boy ölçüşemeseler de iyi kötü sofra kurabilir, günü kurtarabilirler. Bu kesimdekilerin çoğu ya "çalışan kadın"dır ya da birden fazla işi aynı anda yapmak durumundadır.

Her ne kadar kendilerini örnek bir aşçı gibi görmeseler de (genellikle gerçekçidirler, hadlerini bilir, yemek konusunda böbürlenmezler) gerektiğinde dumanı üstünde bir çorba, doğru düzgün bir salata, kıvamında bir pilav, yanına bir ana yemek çıkarabilecek kadar el becerileri ve teorik zeminleri vardır. Böylece anı, günü, "rol ve görevlerini" "kotararak" ilerlerler. Uzmanlaşmasalar bile hemen her sene kadınlık sınavından tam not alarak geçerler.

Gelelim Sefillere. En yakından tanıdığım kesim. Zira ben de onlardan biriyim. Sefiller ömürlerinde yenilesi bir mönü devşirmemiş ve muhtemelen devşiremeyecek olanlardır. Umutsuz vakalardır. Aslında gocunmazlar bu durumdan. Akıllarına bile gelmez hatta. Meşguldürler zira. Mutfak, öncelikler sıralamasında gerilerdedir. Teleskoplarından bakınca kâinata, en uzaktaki, en parıltısız gezegendir.

Hayatım boyunca Sefillerden olmama rağmen okurlarım beni hep Uzmanlardan zannetti. Bu yüzden okuma günlerinde, edebiyat etkinliklerinde bana yemek kültürüyle ilgili sorular yöneltmeleri. Zira romanlarımda yemek tarifleri ve yiyecekle ilgili tarihsel-kültürel ayrıntılar önemli yer tutar. Geçmişten bir hikâye yazacaksam o çağda ne yenirdi, nasıl pişirilirdi araştırırım uzun uzun. Günümüzde geçen bir roman ise üşenmem, tarifler toplarım. Kitap okur gibi yemek kitabı okurum. Merakla, iştahla, sebatla.

Keza roman yazarken fırınlarda, pastanelerde, lokantalarda çalışırım. Ekmek ve simit ve "çöreotlu çatal" kokuları siner saçlarıma. Kürt, Laz ve Arnavut fırıncılarla ahbap olurum. Bir taburede otururum, kucağımda bilgisayar; onlar hamur yoğurur, gülüşürler aralarında. İçlerinde muhakkak birinin sesi güzeldir. Önce çekinir yabancı birinin yanında söylemeye. Derken ufaktan başlar bir türkü mırıldanmaya. Ardından bir türkü daha. Onlar söyler, ekmekler pişer, ben kaçarım hayal âlemine. Velhasıl ilgisiz değilim yemek konusunda. Ne de bilgisiz. Teori sağlam da pratik dökülmekte lime lime.

Durumlarından şikâyet etmez Sefiller. Ta ki çocuklarının, arkadaşlarına dert yanışına kulak misafiri oluncaya kadar. "Benim annem bir şey pişirmeyi bilmiyor."

"Hadi ya. Havuçlu kek de mi?"

Meğer havuçlu kek, bacaksızlar arasında bir ölçüt imiş. Bilmezdim. Tarifini buldum internetten. Lakin varmadı elim pişirmeye kalkmaya. Hazır bir kek alıp mutfağa koydum, kendim yapmışım gibi.

"Güzel olmuş mu?" diye soruyorum. "Bir dahaki sefere şekerini daha az koyayım."

Kimse yutmuyor tabii. "Mamiş, pastaneden aldın di mi?"

Toplumsal/sınıfsal/coğrafi/kültürel hareketliliklere bunca inanan ben, yemek konusunda dikey geçişler olduğuna ihtimal vermiyorum.

Ne dersiniz? Sefillerden Kotaranlara, hele hele Uzmanlara sıçramak mümkün mu sizce?

Hayal ile hakikatin dansı

Bazı bazı sohbet ederim şu anda hayatta olmayan yazarlarla, şairlerle, filozoflarla... Geçmişte yaşamış ve çoktan bu dünyadan ayrılmış lakin eserleri sayesinde hâlâ aramızda dolaşan ve bizimle beraber nefes alan dost insanlarla. Onların sesleri, düşünceleri üşüşür zihnime. Kimi İspanyol, Fransız ya da Rustur bu isimlerin, kimi Türk veya Kürt. Kimisi Acemdir, kimi İngiliz, kimi Japon ya da Hintli. Hiç fark etmez kökenleri, milliyetleri, ırkları, dinleri ya da dinsizlikleri. Her birinin bende yeri özeldir. Senelerdir defalarca okuduğum, ne zaman yüreğim daralsa yahut kafam karışsa fikir danıştığım isimlerdir bunlar. Meister Eckhart'tan İbn-i Arabi'ye; Cervantes'ten Goethe'ye; Charles Dickens'tan Tolstoy'a; Virginia Woolf'tan Oscar Wilde'a; Hüseyin Rahmi Gürpınar'dan Nâzım Hikmet'e; Oğuz Atay'dan Sevgi Soysal'a; Doris Lessing'den James Baldwin'e ya da David Foster Wallace'a... Bazen hayal ederim hepsinin geniş bir sofra etrafında oturduğunu, beraber ekmek bölüşüp, birbirlerine kadeh kaldırdıklarını... ve insanlığın bugün geldiği noktaya bakıp hüzünlendiklerini...

Anlatırlar "edebi hayaletler" uzun uzun. Dinlerim ben de. Severim dinlemeyi. Her romancının evvela iyi bir okur, ardından iyi bir dinleyici olması gerektiğine inanırım. Sadece

sesleri ya da hikâyeleri dinlemek değil, sessizlikleri ve itiraf edilmeyenleri de işitebilmek bir o kadar. Kimselere söylemem yazar ve şair ve mistiklerin hayaletleriyle muhabbet ettiğimi. Kendime ve romanlarıma sakladığım nice delilikten biri olarak kalır bu da...

Anneannemin evinde başladı aslında "hayal" ile "hakikat"in birbiriyle harmanlanması. Küçüktüm, ilkokula başlamamıştım henüz. Fahriye Hanım'ın evine vardık annem ve ben. Fransa, Strasbourg'dan sonra birdenbire Ankara, Yenimahalle. Annem evlenirken, üniversiteyi yarım bırakmak gibi bir hata yaptığı için birdenbire kendini zor bir konumda buldu. Ne para var, ne iş, ne diploma. Üstelik genç yaşta bir "dul kadın" şimdi.

Anneannemin teşvikiyle üniversiteye geri döndü annem; boşanmış bir kadın yeniden öğrenci oldu. O senelerde anneanneme "anne" diye hitap ettim, annem Şafak Hanım'a ise "abla". Başkalarının annelerine zerre kadar benzemiyordu çünkü. Evde oturan, yemek yapan, çamaşır yıkayan hamarat ev hanımı annelerden değildi. Önce mezun olmak için koşturan, harika bir ortalamayla üniversiteyi tamamlayan, sonra iş hayatına atılan, devamlı koşturan, çabalayan bir anne. Bugünkü siyasetçilerin tepeden inme bir şekilde damgaladıkları gibi, "yarım anne".

Evet, bir "yarım anne" yetiştirdi beni bu vahim tanıma göre. İsyan ediyor ruhum, içim içime sığmıyor. Yazmak, konuşmak, haykırmak istiyorum. Muhafazakâr erkek siyasetçilerin ha bire biz kadınlara nasıl yaşamamız ve kendi bedenimizi nasıl taşımamız gerektiğini beyan etmelerine isyan. Ben hiçbir kadının (yahut kadın siyasetçinin) çıkıp da Türkiye'deki erkeklerin kaç çocuk yapmaları gerektiğini yahut babalığı kariyer edinmelerinin daha doğru olacağını söylediğini duymadım.

Ve anneannem. Onun çağla yeşili evinde öğrendim geçmişin geçip gitmediğini, zamanın bir çember gibi ha bire döndüğünü. Orada öğrendim büyüleri, cinleri, nazar dualarını, sözlü kültürü, Anadolu efsanelerini, asırlık aşk hikâyelerini, destanları. Musluktan akan suyun konuştuğunu anneannemden öğrendim mesela. Bunca zaman geçti aradan. Hâlâ sohbet ederiz karşılıklı. Görünmeyenin içinde de renkler ve suretler olduğunu da ondan öğrendim keza.

Bir yer var. Kocaman bir evren. Bir isim takmak istemediğim, kategorilere sığmayan bambaşka bir boyut. Seviyorum ben orayı. Adına bazen "mistisizm" diyorlar, bazen "maneviyat". Ama kavramlar sorunlu duruyor. Çünkü ne zaman bunlardan konuşulsa Türkiye'de, zannediyorlar ki dindarlıkla alakalı konu. Halbuki hiçbir zaman benimseyemedim organize olmuş kolektivist dinleri de, kendinden çok emin dindarlığı da. Benim ilgimi çeken, hayal ile hakikatin dansı. İnanç ile şüphenin arasındaki diyalektik. Mütereddit ruhlar...

Benim ilgimi çeken suyun da konuşabileceği ihtimali.

Bir ara ton. Bir nüans var bunca hoyratlık arasında. Dışa dönük değil, içe doğru bir yolculuk. Başkalarıyla uğraşmak yerine, kendini anlamaya çalışan. Asırlar evvel yaşamış şairlerin ve yazarların hayaletleriyle konuşuyorum bazı bazı. Bilhassa roman yazarken tıkandığımda, onlara danışıyorum. Nice deliliğim gibi bunu da saklıyorum kendime, yazılarıma... anlatsam kim anlar ki sahi?

Roman okumak beynimizi geliştirir mi?

Başkent Ankara'da bir ilkokul sınıfı. Üzerimizde siyah önlükler müfettiş bekliyoruz; sıra sıra, ses çıkarmadan. Önümdeki kız bitlendi geçen hafta; saçlarını kısacık kestiler. Ensesine bakarak oturuyorum. Ve bir de altın top küpelerine. Boyum uzun olduğu için ben zaten hep arkalarda oturuyorum. Arkalarda oturduğum ve kimseyle fazla sohbet etmeyen "bunalım çocuk" olduğum için seyrediyorum âlemi kendi köşemden.

Öğretmenimizin tırnakları uzun, bakımlı ve kan kırmızı. Yaramazlık yaptığımızda, ezkaza bir sorunun cevabını bulamadığımızda tutuyor kulakmemememizden, batırıyor tırnaklarını. Çekiniyoruz ondan. Sevip sevmediğimizi bilmiyorum. O kadar çok çekiniyoruz ki sevmeye bir türlü sıra gelmiyor.

Sınıfın bir köşesinde kilitli bir dolap var. Gözüm hep orada. Camları buzdan, içi görünmüyor. Ama ben biliyorum ki içinde raf raf kitaplar dizili. Plastikle kaplanmış olsalar da. *Seksen Günde Devriâlem, Fadiş'in Rüyası, Cambazın Kızı, Gizli Yediler...* Müfettiş gelecek diye bugün açık dolabın kapıları; o gidince gene kapanacak. Derslerimizde kitap okumanın erdemlerini işliyor, evde büyüklerden okumanın ne kadar yüce bir şey olduğunu duyuyor lakin etrafta okuyan tek bir yetişkin bile göremiyoruz. Bizler okumak istediğimizde ise, aman kirletmeyelim diye kilit altında tutuluyor kitaplar.

Merak ediyorum, acaba o günlerin izi var mı bugün sevdiğim kitapları altını çize çize, didik didik ederek okumamda? Camlı kütüphanelere alerjim var. Özgür olsun kitaplar. Hatta kimseye ait olmasınlar. Dolaşsınlar elden ele, dilden dile. Okuduğumuz eserleri otobüste, metroda, kafelerde, dişçi bekleme odalarında "unutalım" bilinçli olarak. Ki bir başkası bulsun, alsın okusun. Sonra o da unutsun bir yerlerde bir zaman. Mülkiyetten uzak olsun harfler. Göçebe olsunlar.

Amerika'da, Buffalo Üniversitesi'nde gerçekleştirilen ilginç bir araştırma var. 140 öğrenciye popüler gençlik romanlarından iki tanesi veriliyor. (S. Meyer'dan *Alacakaranlık* ve J.K. Rowling'den *Harry Potter*). Deneklerin okurken geçirdikleri değişim gözlemleniyor. Hemen hepsi kendilerini ya "vampirler" ya "büyücüler"le özdeşleştiriyorlar. Buraya kadar her şey normal. İşin çarpıcı yanı, deneklerin beyinlerindeki empati bölgesinin (*anterior insular cortex*) yoğun olarak çalışmaya başlaması. Burada araştırmacılar inceleme veya tarih kitaplarından değil, hayal gücünden beslenen romanlardan bahsediyorlar bilhassa. Roman okurları genelde empati duygusu gelişmiş insanlar. Buna karşılık hayatlarında roman okumayanlarda empati gelişmiyor.

Empati, yani kendini bir başkasının yerine koyabilme yetisi. Empati, yani kibirden uzak durabilme gayreti. Sürekli kendini haklı, etrafı haksız; kendini güzel, âlemi çirkin zannetmeme becerisi. Empati ki katillerde, zalimlerde, diktatörlerde, şiddete meyyal ve kendine meftun insanlarda en az rastlanan özellik.

İngiltere'de Liverpool Üniversitesi'nde yapılan ve *Telegraph* gazetesinde ayrıntılarıyla ele alınan bir başka araştırma dikkat çekici. Deneklere Shakespeare, T.S. Eliot ve edebiyat tarihinin klasikleşmiş nice yazar ve şairlerinden metinler veriliyor. Onlar bu dizeleri okurken beyinlerinin nasıl çalıştığı görüntüleniyor.

Bulgular düşündürücü. Zira roman veya şiir okurken beyin, gündelik hayatta kullanmadığı bölgelerini harekete geçiriyor, kapasitesini artırıyor. Üstelik, okuduğumuz metin bizi ne kadar zorluyorsa beynimiz bundan o kadar besleniyor! Bu da demek ki, "Aman, bu roman çok zor, okuyamıyorum" diye kenara atmamak gerek. Bir metnin içinde bilmediğimiz eski kelimeler varsa, tahminler yürütüyor, sözlükten bakıyor, ertesi gün o kelimeyi cümle içinde kullanıyoruz.

Daha evvel düşünmediğimiz fikirler varsa, tartıyoruz. Yazar bizi beklemediğimiz yerlerden yakalıyorsa, duygusal olarak sarsılıyoruz. Bunların hepsinin özünde bir kas olan beynin gelişimine faydası büyük. Zira insan beyni kolaylıktan değil, zorluktan besleniyor. Bu yüzden bilim dünyası diyor ki: "Shakespeare okumak beyne iyi geliyor."

Roman okurken beynin özellikle sağ yarıküresinde muazzam bir hareketlenme saptanıyor. Burası aynı zamanda kişisel hafızamızın depolandığı yer. Yani bir romanı sevdiğimizde sadece o hikâyeyi, dilini, karakterlerini takip etmekle kalmıyoruz. Aynı zamanda, anlatılan kurgunun kendi hayatımızdaki izdüşümlerini yakalıyoruz.

Bu yüzden şimdilerde Batı'da psikologlar diyor ki, kendi kendine tedavi kitapları almak yerine gidin Balzac okuyun, Shakespeare okuyun, Dostoyevski okuyun. Daha çok yararını göreceksiniz. Biz de mademki barışa talibiz, mademki empatiye en çok ihtiyacımız olan bir dönemeçten geçiyoruz; kimi okurlara Peyami Safa, Cemil Meriç, Tarık Buğra... kimi okurlara Yılmaz Güney, Yaşar Kemal, Mehmet Uzun... Karşılıklı empatileri pekiştirmeli.

Eskiden yayınevine göre eser seçilir, ideolojik tercihler yapılırdı. Neyse ki o duvarlar çoktan kalktı. Solcuların sağ görüşlü, sağcıların sol görüşlü yazarlar okuyabildiği olgunluğa geldik. Mevsim, barış ve uzlaşma mevsimi. Öyleyse şimdi, her zamankinden daha fazla roman okumalı; kitapların üzerindeki kilitleri kaldırma zamanı.

Hatunlar ve romanlar

Konuşma yapmak üzere çağrıldığım Uluslararası PEN edebiyat etkinliğinde salona bakıyorum dikkatlice. Londra'da bir konferans merkezi burası. Seyircilerin yüzde 85'i kadın. Farklı yaş gruplarından ve mesleklerden gelmekteler. İngiliz, İrlandalı, İskoç, Pakistanlı, Hintli, Arap, Çinli... Her milletten ve her dinden. Kimi üniversitede öğrenci, kimi hem anne hem akademisyen, kimi ev hanımı ve anneanne; kimi dul, kimi bekâr...

Geri kalan yüzde 15'i teşkil eden erkekleri inceliyorum. Gayet mesut ve sempatik bir şekilde ve biraz da gururla hemcinslerini temsil ediyorlar. "Biz de buradayız!" dercesine oturmaktalar. İyi de ne zaman böyle oldu edebiyat dünyası? İmza günlerinde, festivallerde, panellerde, velhasıl edebiyatla ilgili her nevi etkinlikte hep ama hep kadınlar ezici çoğunlukta. İstanbul'da da böyle, Londra'da da, Barcelona'da da, New York'ta da. Doğu'da da, Batı'da da neden en fazla kadınlar roman okuyor? Ve sahi erkek okurlar, onlar nerede?

Türkiye, Londra Kitap Fuarı'nda konuk ülke olduğunda çok konuşulmuş, epey de övgü ve merak toplamıştı. Büyüyen kitap endüstrisiyle dikkatleri çekmişti. Bilhassa roman ve romancılık doludizgin gidiyor. Bir de senaryo yazarlığı tabii; orada da inanılmaz bir dinamizm var. Lakin kimse demiyor ki bu kadar gelişmeyi, zenginleşmeyi ve açılımı biz aslında kadınlara borçluyuz. Kadınlar okuduğu için, okuyup paylaştıkları için, birbirlerine kitap tavsiye ve hediye ettikleri için –ve kusura bakmayın ama erkeklerimiz okumadığı halde– büyümekte roman dünyası ya, bunun da adını açıkça koymak lazım!

Peki çoğunluğu kadın olan okurlar, romanlardaki kadın ve erkek karakterleri eşit nazarla algılıyorlar mı? Yani, okurun gözünde erkek roman karakteri ile kadın roman karakteri aynı kriterlere göre değerlendiriliyor mu? Hadi daha açık sorayım: Erkek roman karakterinin yaptığı hataları, işlediği günahları daha hoşgörülü; kadın roman karakterinin hata ve günahlarını ise daha acımasız değerlendiriyor olabilir miyiz? "Tuhaf soru" demeyin. Son zamanlarda dünya edebiyatında en heyecan verici tartışma konularından birini tam da bu oluşturuyor. Okurların ve eleştirmenlerin gözünde, algısında, kadın roman karakterleri ile erkek roman karakterleri arasında eşitlik var mı?

Koskoca, kadim Rus edebiyatı yalanlar söyleyen, hırsızlık yapan, cinayet işleyen, kumar oynayan, fahişelerle yatan, günah üstüne günahlar tadan erkek karakterlerle dolu. Lakin okurken onları yadırgamıyoruz. Hatta empatiyle, sempatiyle anlamaya çalışıyoruz. Üzülüyoruz onlar için, seviniyoruz doğru yolu bulduklarında. Benzer şeyleri bir kadın karakter yaptığında tavrımız aynı değil. Mesela kadın roman karakteri eşini aldattığında, acaba ona da aynı soğukkanlı mesafeyle bakabiliyor muyuz? Sanmam.

Aşk yayımlandığında okurlardan en çok duyduğum eleştiri neydi biliyor musunuz? Ne Mevlânâ'nın herhangi bir sözü ya da tavrı, ne Şems'in varlığı hakkındaydı. Üst üste duyduğum soru: "Ella neden kocasını bıraktı ve Aziz'e gitti?" Ella değil de John yahut Mustafa olsaydı, Aziz yerine de Azize, bu kadar dile getirilir miydi bu soru bilemiyorum.

Ama her seferinde aynı "savunma"yı verdim: "Ella bir roman karakteri. Her istediğini yapabilir. Yazarına rağmen. Yani edebi karakterler, yazarların kontrolünden çıkarlar. Ella başlı başına bir kişilik. Karakterlerim kahraman değiller. Etten kemikten, hatadan ve çelişkiden müteşekkiller; yani hepimiz gibi. Roman dediğimiz 'ahlak dersi' olamaz ki. Bizim işimiz insanı anlamak, insanı anlatmak."

Galiba Türkiye'de bir yanılgıyı kuşaklardır tekrarlıyoruz. Osmanlı'nın son dönemlerinden bu yana. Roman (ve bugün film ve dizi) karakterlerinden bir "rol modeli" çizmelerini bekliyoruz. Bu yüzden "iyiler" ve "kötüler", "namuslular" ve "namussuzlar", "alaturkalaşmışlar" ve "alafrangalaşmışlar", "onlar" ve "bunlar" gibi ikilemler üzerinden okuyoruz sanat eserlerini. Halbuki hayat da, edebiyat da bundan daha karmaşık. Cömert bir insanın cimrileştiği bir an var. Kötü bildiklerimizde dahi bir iyilik kıvılcımı, doğru düzgün bellediklerimizde bile bir gölge yok mu?

* * *

İğneyi okura, çuvaldızı yazara batırmalı. Peki yazarların gözünde kadın roman karakterleri ile erkek roman karakterleri eşit mi? Bence değil. Ne ilginçtir ki bilhassa kadın yazarlar, kadın karakterlerine karşı o kadar acımasız ki!

Ruhu şad olsun, kıymetli lakin had safhada çelişkili Halide Edip Adıvar'ın herhangi iki romanını okumak bunu görebilmek için yeterli. Kadınları sevmeyen bir kadın romancıyla baş başayız. Doğru, yücelttiği kadın karakterler var. Ama onlar "dişi" değil zaten. Birer kahraman. Hem de ulusal kahraman. *Sinekli Bakkal*'ın Rabia'sı gibi.

Halide Hanım'ın sevdiği kadınların "kadınlık" ve cinsellik" ile bir ilgisi yok. Onlar kendilerini yüce ideallere adamış, "dişilikten arınmış", tavırları ve konuşmaları en ufak bir cinsiyet yahut cinsellik barındırmayan, katiyen kocalarının önünde değil, gardırobun içine girerek orada soyunan ve geceliklerini giyen kadınlar. Nam-ı diğer "hatun kişiler".

Biz kadın yazarlar, maalesef, kadın karakterlerimizi derin yargılıyor, haşin cezalandırıyoruz. En ufak hatalarında onları damgalıyoruz. Hayali erkek karakterlerin bu arada yapmadıkları kalmıyor, olsun varsın. Onları affediyoruz. Bu tavır gerek sol eğilimli, gerek muhafazakâr eğilimli yazarlar arasında bugün de devam etmekte.

Hasıl-ı kelam, bırakın "gerçek dünyayı", "hayali ve edebi dünyayı" algılamamızda bile kadın-erkek eşitliği yok bence!

Bir canavar yaratmak

Frankenstein hikâyesi meşhurdur, bilmeyen yok gibi. Lakin bu hikâyenin mimarı daha az tanınır nedense. Kimileri de zanneder ki dudağından sigara eksilmeyen, gayet bunalım, karanlık ruhlu bir erkek yazarın eseridir bu canavar. Oysa bir kadının elinden çıkmadır *Frankenstein*, hatta narin bir genç kızın demeli. Nam-ı diğer Mary Shelley'nin. Annesi dönemin en iddialı feministlerinden Mary Wollstonecraft; babası ise felsefi anarşizmin öncülerinden gazeteci-yazar William Godwin. Bu kadar sıra dışı bir ana babanın evladı olmak nasıldı acaba? Üstelik 1800'lerin başlarında. Annesini henüz bebekken kaybeden Mary, babası ve üvey annesi tarafından yetiştirilir. Üç kız kardeştir onlar. Üçü de birbirinden güzel, zeki ve eğitimlidir. Dönemin en önemli kitabevlerinden biri aileye aittir. Gün boyu onlarca filozof, gazeteci ve sanatçı uğrar buraya. Dolayısıyla etrafında hep entelektüel simalar görerek büyür Mary. Tanıdığı tüm erkekler ya yazardır ya şair. Bütün erkeklerin böyle olduğunu zanneder belki de. Derken genç bir adam gelir kitabevine. Şair, uçarı, özgür ruhlu Percy Shelley. Percy ve Mary saatlerce konuşurlar; sevdikleri kitaplardan, dönemin sanat ve fikir akımlarından. Ne çok ortak yanları vardır, paylaşacak ne çok lafları. Heyecanlı ve duygusaldır ikisi de.

Biri 22 yaşındadır henüz, beriki ise sadece 16. Oracıkta bir aşk başlar aralarında. Oysa evlidir Percy. Karısı Harriet daha 18'indedir. Ve meftundur ona, üstelik hamiledir. Bir çocukları ufak, ikinci de yolda. Ne var ki karısını entelektüel olarak yetersiz bulmaktadır Percy. Tanıştırmak bile istemez mesela onu arkadaşlarıyla. İki ayrı hayat sürmektedir; biri evde, biri dışarıda. Onun "yüksek" ideallerini anlayabilecek bir kadın değildir Harriet. Varsa yoksa dünyevi meseleler, ev halleri, bitimsiz arzular ve hırslar. Mary ise bambaşkadır gözünde. Kültürlü, donanımlıdır. İnsanlar girer araya, dedikodu çarkları işlemeye başlar olanca hızıyla. Dinlemez Percy, dinlemez Mary. Ya da kimseyi dinlemez aşk, bilmem nasıl betimlemeli bu kör cüretlerini. Tanışmalarının ardından iki yıl geçtikten sonra bir sabah erkenden kaçar ikili; Fransa'ya giderler her şeyi ve herkesi terk ederek. Yanlarında Mary'nin kız kardeşi de vardır. Üçüncü kız kardeş Fanny fena halde içerler bu duruma. Zira onun da Percy'de gözü kalmıştır. Lanet okur arkalarından. İşin tuhafı, o güne kadar aşkın hep özgür bırakılması gerektiğini savunan ve dönemin ahlak anlayışını yerden yere vuran baba William, kızının bulaştığı bu skandaldan zerrece hoşlanmaz. Tam iki sene boyunca büyük kızıyla tek kelime konuşmaz. Derken peş peşe intiharlar gelir. Evvela Percy'nin terk ettiği karısı gencecik Harriet göle atar kendini. Üçüncü çocuğuna hamiledir oysa ve doğum yakındır (yeni bir ilişkiden). Ardından Mary'nin ihmal ettiği kız kardeşi Fanny kıyar canına. İki intihar ve bunlara sebep gösterilen lanetli bir sevda vardır ortada. Percy ve Mary bu gariplikler içinde birbirlerine tutunur ve en nihayetinde evlenirler. Daha ilk günden boz bulanık, dumanlı bir ilişki olur onlarınki. Sis perdesini aralayıp da hakikati görmek ne mümkün. Edebiyat tarihi boyunca biz yazar çizer taifesini Percy

Shelley'nin hayaleti kadar ortadan ikiye bölen çok az sanatçı vardır herhalde. Bir tarafta, Mark Twain gibi, kişiliğinden ötürü Percy Shelley'den nefret edenler ve onu bir kalemde silenler. Beri tarafta, kişiliği filan boş verip eserlerinden dolayı ona hayranlık besleyenler, Oscar Wilde gibi. Şayet siz de Percy Shelley hakkında bir yargıda bulunmak isterseniz, eserlerine bakmadan bunu yapmayın derim. Zira hayat hikâyesi de, kendisi de kolayca sevilecek türden değildir ama yazdıklarını okumadan hüküm vermek haksızlık olur.

Derken bir davet gelir Lord Byron'dan. İsviçre'de bir şatoda bir süre dinlenmek, eğlenmek için. Kabul eder ikili. Geçmişlerinden, zayıflıklarından, kalplerini kırdıkları insanlardan kaçarcasına sığınırlar bu yalıtılmış ortama. Hizmetçileri saymazsak koskoca bir şatoda beş kişi. Her şey güzel hoştur ilk bakışta ama durmadan yağmur yağar, hava beter, sema kasvetli. Yapacak pek bir şey yoktur, aysız gecelerde hikâyeler uydurmak dışında. Bir oyun fikri atar ortaya Lord Byron. Herkesten aklına gelen en korkutucu hikâyeyi anlatmasını ister. Günler sonra güneş açar açmaz erkek misafirler unutuverirler oyunu. Percy ve Byron ilk fırsatta ava çıkarlar. Mary ise unutmaz. Oturur ve yazmaya başlar. Bitirdiğinde ortaya çıkan eser *Frankenstein*'dan başkası değildir. Edebiyat tarihinde çok az romanın yaratılış hikâyesi, kitabın kendisinden bile daha tuhaf ve esrarengizdir. Bu da onlardan.

Dost

Türkçenin en lokum kelimelerinden biridir "dost". Yoğun kıvamlı, şekerli ama bir o kadar katı, tekdüzelikten uzak; ağızda hemen erimeyen, dağılmayan, iz bırakan... "Arkadaş" ise farklıdır, çok daha hafif. Kalorisi düşük tatlı gibidir. Sakızlı muhallebili güllaç misali. Çok yeseniz bile pişmanlık duymaz, ağırlaşmazsınız.

Onlarca, hatta yüzlerce arkadaş edinebilir, fazla bulmazsınız. Halbuki yüzlerce dost sığdıramazsınız bir fani ömre. Ne zaman yeter, ne zihin kavrar, ne gönül taşıyabilir böylesini. Birbirinin yerine geçmez bu iki kelime. Arkadaş, dostun koltuğuna kurulamaz. Lakin herkes de insana dost olamaz. Dolayısıyla her iki sözcüğe ihtiyaç duyarak yaşar gideriz bermutat.

Erkeklerin dostlukları kadınlarınkinden alabildiğine farklıdır. Kanımca daha rahat ve daha az talepkârdır. Birbirlerine odaklanmaktan ziyade, beraberce bir faaliyete yahut bir objeye yönelmek suretiyle gelişir bu bağ. Dışa dönüktür özü gereği. Basketbol turnuvasına gidilir mesela, evde oturulup futbol seyredilir; birlikte denizde kulaç atılır, sahilde amatör voleybol oynanır ya da tempolu yürüyüş yapılır. İlla da konuşmak, sohbet edip dertleşmek mecburiyeti yoktur. Kesik kesik cümleler de sarf edilebilir. Başı sonu olmayan, giriş-gelişme-sonuç yapısına sadık kalmayan diyaloglar kurulabilir.

Tavla oynanır, pişpirik oynanır, okeye dönülür, bilardo masası etrafında dört dönülür. Kahvehane önünde oturulur, telaşsızca etrafa bakılır. Boğaz kenarında oturulur; sigara tellendirilir, puro içilir. Araba yarışlarına, tekne yarışlarına meyledilir. Ara sıra birkaç kelam edilir. Kimse bu durumu garipsemez. Clint Eastwood filmlerinin kovboy karakterleri ne kadar konuşuyorsa o civarda kelime sarf edilir. Analize, sohbete, gönül muhasebesine, dertleşmeye lüzum da yoktur, niyet de.

Birlikte askerlik yapılır. Beraber takım tutulur. Badireler atlatılır. Hakeme sövülür. Futbolculara bağırılır. Sokakta kavga çıkarılır ya da halihazırda çıkmış kavgalar dağıtılır. Aynı kadına âşık olunur, aynı kadından tekme yenir. Birbirlerinin oğullarının sünnetinde kirvelik yapılır, kızlarının nişanında altın takılır. Kimi erkekler beraber cuma namazına gider, kimileri stadyuma; kimileri hafta sonu içmeye çıkar, kimileri hepsini birden yapar, dünyevi ve uhrevi el ele. Ama genellikle bir ya da bir dizi etkinlik etrafında örülüdür erkeklerin dostlukları.

Gezilere çıkılır; başka şehirlere, gayrı memleketlere varılır. Aşağı yukarı aynı kalıplar orada da tekrarlanır. Yerel yemeklerin tadına bakılır, hoş mekânlar yahut tarihi anıtlar keşfedilir. Etraftan bahsedilir, çevreye yoğunlaşılır. Ama ne "ben", ne "sen" üzerinde durulur gereğinden fazla. Anlamı da yoktur. Kadınlara asla yetmeyecek olan bu dostluk modeli erkekler arasında yüzyıllardır sorunsuzca akıp gitmektedir. (Eski Yunan'dan güçlü bir dostluk örneği Akhilleus ve Patroklos hikâyesidir. İkili Truva Savaşı'na katılır, kahramanlıklar gösterir. Biri yaralanınca beriki sarar yaralarını. Patroklos öldürülür; Akhilleus kahrolur. Efsanenin bundan sonrası, dostunun hatırasına sahip çıkmak ve kötülerden intikam almak üzerine kuruludur. Bu iki erkeğin başlarından geçen nice serüveni okuruz da sohbet ettiklerine tanık olmayız.)

Bir erkek bir erkekle ancak "kriz masası" hallerinde dertleşir. Karısı evi terk etmiş yahut işini kaybetmiş veya iflas etmiştir. O da olmadı patronun dengesizliği artık canına tak etmiştir. Benzeri olağandışı hallerde iki yakın erkeği kafa kafaya vermiş içlerini açarken bulursunuz. Bu türbülanslı mevsim geçince eski haline dönüverir iklim. Dışarıya, dış dünyaya odaklanır gene karakterlerimiz.

Kadınların dostlukları böyle değildir. İki erkek uzun zamandır kanka oldukları halde birbirleri hakkında her şeyi bilmek durumunda değildir. Canciğer iki kadın ise birbirlerine dair Osmanlı arşivleri dolusu bilgi sahibidir. Kelime üzerine kuruludur bizim bağlarımız. Konuşmamız lazım. O da yetmez analiz etmeli ve analiz edilmeliyiz. Anlatmak ve dinlemek ve anlamak. Bir kere değil, bin kere. Kısa kısa değil, uzun uzun.

Bana oldum olası ağır gelen de galiba bu aslında, yani bu "içini açma ritüelleri". Elimde değil, yapamıyorum. Erkek olsam daha rahat yürütürdüm dostlukları; kadın dünyasının o "enformasyon kültürü" ağır geliyor ruhuma. Nasıl anlatayım kendimi, ben daha anlamaktan âcizken.

Bir de üçüncü kategori var elbette: Erkekler ile kadınlar arasındaki dostluklar. Kurulması en zor ama özünde belki de en yaratıcı bağlar da bunlar. Sayıca çok azlar. Başka kulvarlara sapmadan başından sonuna dolu dolu yaşanan kaç kadın-erkek dostluğu biliyorsunuz? Bir elin parmaklarına varır mı?

Nietzsche, "Aşkın eksikliği değil, dostluğun eksikliğidir evliliklerin aksamasına sebep" demişti bir zamanlar.

Çiftler arasında aşk var, malumu ilam, peki ama yeterince dostluk var mı?

Ne dersek diyelim, kadim kelime "dost"...

Kolay kolay başka dillere çevrilmeyen.

Delikler açmak istedim gri boyalı pencerelerde

Sormuyoruz artık birbirimize, "Nasılsın?" diye. Keyfimiz, ahvalimiz ayan beyan ortada. Haberleri ne duymaya dayanabiliyor, ne duymadan edebiliyoruz. Zaten dışında kalmak ne mümkün! Haberler yağmur gibi, dolu gibi, sağanak gibi yağıyor üstümüze milletçe. Her gün, "Acaba gene ne oldu, gene ne olacak?" duygusuyla kalkıyoruz yataklarımızdan. Rüyalarımızda bilmediğimiz ülkelerde dolaşıyoruz, sürgünlerde. Yüreklerimizde bir burukluk hissiyle uyanmalarımız bu yüzden. Gören de zanneder ki taş taşıdık bütün gece. Yorgunuz. Beyinlerimiz bedenlerimizden bezgin. Öylesine hızlı geçiyor ki zaman Türkiye'de, her gün her an yeni bir hadise eşiğinde. Tavşan olmuş, tazı olmuş "toplumsal huzur" dediğin. Gidiyor önden, kaçıyor ha bire. Yetişmeye çalışmaktan, çalışıp da başaramamaktan takatsiz kalıyoruz. Nefesimiz kesiliyor.

Gerginiz milletçe. "Bir sabah uyansak, sihirli bir değnek değmiş olsa memlekete" diye yazmış bir arkadaşım e-mail'inde. "Uyansak, barış ve huzur gelmiş olsa, demokrasi gelmiş olsa, canlansa çiçekler, yitip gidenler..." Gencecik bedenlerin toprağa verildiği garip günlerden geçiyoruz. Unutmadık, unutur muyuz? "Acayip" yahut "tuhaf" anlamında kullanmıyorum "garip" kelimesini. "Kimsesiz" anlamında kullanıyorum. Türk olmak, daha doğrusu Türkiyeli olmak yalnızlık hissiyle öylesine iç içe geçti ki.

Kim anlar bizi? Ortadoğu mu? Avrupa mı? Kendi içimizde bile böylesine bölünmüşken ayrı gayrı gezegenlere. Birbiriyle konuşamayan insanlar, camdan gettolar...

Eskiden inanırdım köprüler kurmaya. Birbirine hiç benzemeyen insanlar arasında kelimelerden ve hikâyelerden mekikler dokumaya. İnanırdım empati ve edebiyat ve sanat aracılığıyla "muhafazakârlar" ile "modernler" arasındaki hırçın bölünmelerin bir nebze olsun azalabileceğine. Ama giderek azaldı ihtimaller, kapandı barış ve uzlaşma kapıları. Artık "onlar" ve "bunlar" arasında öylesine derin ki uçurum, asma bir köprü bile yetmez oldu bir yakadan bir yakaya geçmeye.

Azaldı ya renkler, daraldı ya özgürlük alanları, en çok bunlarda saklı totaliterleşmenin emareleri. Sistem otoriterleştikçe toplum da muhafazakârlaşıyor gitgide. Farklılıklara tahammülsüzlük yeni moda. Siyahlar ve beyazlar bile değil artık, sadece griler kaldı, kül rengi gülüşlerimiz. Biz artık öfkeler ve öfkeli insanlar ülkesiyiz.

Ben Ankara'da okudum ilkokulu. Unutmadım hiç pencereleri yarıya kadar griye boyalı sınıflarımızı. Çocuklar dışarıya bakamasın diye, hangi akla hizmetse. Hep delikler açmak istedim o boyalı pencerelerde. Kırmak değil, açmak. Gökyüzüne, masmavi semaya, buradan öteye uzanan özgürlük kapıları; içimize kapanmayalım, hepimiz birbirimize benzemeyelim, aynılaşmayalım diye.

Aynılaşmak öylesine tehlikeli ki...

Ben küçükken bir küfür gibi kullanılırdı "birey" kelimesi. Şimdi daha da beter ya. Bense hep inandım ve inanıyorum hâlâ bireyselleşmeye, birey olabilmeye; gruplardan ayrı, gerekirse tek başına. Belki bizler, biz topal kuşlar, sürülere ve ideolojik aşiretlere ve siyasetin saldırgan diline ayak uyduramayanlar, Gramsci'nin dediği zihnen karamsar-vicdanen iyimserler, belki bizler bir araya gelirsek yepyeni bir dil üretebiliriz. Belki bizler öfkeye ve nefrete ve husumete bulaşmayan bir üslup tutturabiliriz. Ve bu üslupla haykırabiliriz özgürlük ve bireysellik ve eşitlik çağrılarını.

Bunca karanlığın, otoriter muhafazakârlığın, tahammülsüzlüğün, önyargılar ve linç kültürünün ortasında ufak tefek ama giderek büyüyen, genişleyen, içine alan özgürlük ve nefes alanları açmaya o kadar çok ihtiyacımız var ki. Ve gülmeye, beraber. Kendimize, hallerimize gülebilmeye. Ve ağlamaya, beraber. Yanan canlara. "Öteki" sandığımızı kucaklamaya.

Yeniden ve yeniden küllerimizden doğmaya...

Şimdi, mademki her şey bu kadar kötü ve böylesine ağır, mademki dostluklardan ve kendi yüreğimizden ve bir de sanattan başka tutunacak dal yok, oksijen salan bitkiler ve ağaçlar gibi kültürel alanlar yetiştirmek lazım...

Mektuplarda gizlenen tarih

Âdem oğullarını, Havva kızlarını çeşitlemek, renkli kutulara yerleştirmek kolay. Dünya görüşlerine, yaşam biçimlerine, o da olmadı oy verdikleri partilere göre ha bire kategoriler icat ediyoruz ya. Peki sizce siz "mektup yazanlardan" mısınız? Yoksa "hiç mektup yazamayanlardan" mı? Ortası var mı bu ikisinin, kanımca yok. Bu öyle bir gelenek ki ya içindeyiz, ya dışında.

Ben mektup yazmayı beceremeyenler taifesindenim. Halbuki severim mektup kültürünü, kökleri ta ötelere uzanan. Yazarların, düşünürlerin, sanatçı ve filozofların yüzyıllar boyunca aralarında gidip gelen, hem dostane, hem kıskanç mektupları takip ederim dinmeyen bir merakla. Çoğu zaman, geçmişte yaşamış bir yazarı tanımanın en aklıselim yoludur onun kaleme aldığı mektuplara yakından bakmak. Orada söylenenleri ve söylenilmeyenleri okumak, satır aralarını. Benimse ne mektup, ne kart, ne de kısacık not, mümkün mertebe boş kâğıda mürekkep damlatmayışımın sebebi başka: El yazımdan hiç mi hiç hazzetmiyor olmam.

El yazım ve ben iki ayrı gezegeniz. Dönüp dursak da aynı uzayda, bir türlü kesişmez yörüngelerimiz. El yazım gider Mersin'e, ben tersine. Ne vakit bir dolmakalem alıp yazmaya kalksam, en fazla üç satır sürer şevkim, enerjim. Bırakıveririm. Bıkıveririm. Bakarım uzaktan bir yabancıya bakar gibi karaladığım harflere. G'lerin kuyruğunu uzatmalı mı, sarkıtmalı mı, düz mü çekmeli? Y'ler tombul mu olmalı, cılız mı? Hâlâ karar veremem. Benimseyemem. Hissedemem. Uzaklaşırım.

Doğduğumda, yani çocukluğumda solaktım. 1970'ler ortası Ankara'da, o dönemin anlayışına göre benim gibilere "düzeltilmesi gereken arızalar" muamelesi yapılırdı. Gençlerin tatlı dille, telkinle, o da olmadı cezalandırmak suretiyle sağ ele geçiş yapacaklarına kesin gözüyle bakılırdı. Olur da ısrar edersek, "Sol elimi kullanmak istiyorum" dersek, çatal-kaşık yahut kalem-silgi tutan elimize vurmak, bir elimizi masanın altında tutmak, bazen de notumuzu kırmak gibi yollara başvurulurdu. Dolayısıyla, kimi iyi niyetli ama bilgisiz, kimi dediğim dedikçi ve tahammülsüz büyüklerin yanlış yönlendirmesiyle solaklığımdan arındım; sağ elle yazmaya başladım.

Şimdi bakıyorum, çocuklarımın ikisi de solak. Bense seneler var ki sol elle ne çatal tutuyorum, ne kalem. "Endoktrinasyon" işe yaramış demek ki. Ancak bu sistematik propagandanın ve yukarıdan aşağıya "normalleştirme"nin bende yarattığı sonuç el yazımla bir türlü barışamamak, bütünleşememek oldu. O yüzdendir gıptam, içtenlikle mektup yazabilen yazarlara; iç dünyalarını açıp fikir alışverişinde bulunanlara; e-mail ile değil tabii, kâğıt, mürekkep kokuları arasında.

* * *

Fatma Aliye, tarihçi ve devlet adamı Ahmet Cevdet Paşa ile Rabia Adviye Hanım'ın kızıdır (tarihi biyografilerde neden sadece babaların ismi anılır, anlamam; sanki babalardır doğuran). Osmanlı son dönem kültür ve edebiyat hayatının bizlere armağan ettiği en kıymetli isimlerden biridir. "İlk kadın romancımız" diye adlandırır, saygı duyar lakin ne kadar az tanırız kendisini. O da şüphesiz bizim kabahatimiz.

Senelerce, kocasından gizli, kabahat işler gibi kitap okumuştur kendi kendine. Zamanla eşinin tavrını yumuşatması sayesinde açıktan açığa okumaya, yazmaya, çeviriler yapmaya başlar. Yardım cemiyetlerine katılır, kadın derneklerinde aktif roller alır. Yazarlığı kadar aktivistliği de ön plandadır. Fatma Aliye'ye yazılan mektuplar Klasik Yayınevi tarafından bir kitapta bir araya getirilmişti. Tavsiye ederim. Başlığı o kadar güzel ki: *Fazıl ve Feylesof Kızım Fatma Aliye'ye Mektuplar.*

Sene 2018. Hani sözde eğitimde, bilimde ve kültürde bunca yol aldık. Kaç baba düşünebiliyorsunuz evladına böyle hitap etsin? Yahut kaç koca karısına böyle seslensin? Veya kaç erkek, kadın meslektaşına böyle dokunaklı bir saygıyla yazsın? Ahmet Midhat ile adeta evladı gibi gördüğü Fatma Aliye'nin yazışmalarını okumak apayrı bir keyif. O dönemde bir kadın yazarın bir erkek yazarla mektuplaşması çeşitli önyargı duvarlarına toslayacağından her ikisi de özenle, dikkatle kaleme almış bunları. Satırlar kadar satır aralarını da okumalı.

Fatma Aliye'nin kız kardeşi Emine Semiye de hayli önemlidir. Öğretmen, feminist, yazar. İngiliz edebiyatında Brontë kardeşleri biliyoruz da Fatma Aliye ve Emine Semiye hanımları akademik ve entelektüel çevreler dışında ne yazık ki tanımıyoruz.

Osmanlı son dönem aydınlarının yazışmalarını okurken insan zengin ve nitelikli bir mektup kültürü olduğunu görmeden edemiyor. Kim bilir belki feyiz verirler bize. Tek ihtiyacımız bir kâğıt, bir kalem, bir dost ve bol bol hayal gücü. Ha sol elle, ha sağ elle...

Kadınlara mahsus vazifeler

Soldan sağa, sağdan sola, Türkiye'de basılan gazete ve dergilerde kaç kadın köşe yazarı mevcut? Fikirlerini yazabilen, kamuoyuyla paylaşabilen hatun kişilerin sayısı nasıl da az. Bilhassa rakım arttıkça, kurumlarda yukarılara doğru çıktıkça belirgin bir şekilde azalmakta hemcinslerimin sesleri. Çeşitli eklerin editörleri, gazete/dergilerin genel yayın yönetmenleri arasında kadınların oranı hâlâ o kadar düşük ki.

Basınımız, genel hatlarıyla ülke gerçeğini yansıtmakta. Yani erkek egemen. Sadece niceliksel değil, niteliksel olarak da. Ben bugüne kadar bir tek kadın köşe yazarının yahut kadın akademisyenin veya kadın siyasetçinin çıkıp da, "Erkeklerin vazifeleri şunlar, şunlardır" diye yazdığına ya da konuştuğuna tanık olmadım. Bizim neden aklımıza gelmez acaba? Tek şeritli bir yoldur bu. Biz kadınlar karşı cinse yönelik "öğretici" sözler etmezken, bazı (ya da nice) erkek yazarlarımız, kadınların toplumsal rolleri üzerine yukarıdan aşağıya yazmakta hiçbir beis görmezler. Demokrasisi henüz olgunlaşmamış ülkelerde kadınların had ve hudutları hep erkekler tarafından belirlenmek istenmiştir. Daha doğrusu, erkek elit tarafından. Modernisti de böyle yaklaşır meseleye, muhafazakârı da. İster "Batılılaşmak" adına, ister "gelenekleri korumak" adına. Şaşırtıcı bir benzerlik var muhafazakâr erkek elit ile modernist erkek elit arasında.

Ali Bulaç bir yazı yazmıştı; üzüntüyle okumuştum. Kadınların birincil görevlerinin annelik ve ev hanımlığı olduğunu söylemekteydi. Ortada maddi bir zaruret yoksa kamusal alana çıkmamızı gereksiz addetmekteydi. Hatta bunu neredeyse tehlikeli buluyor izlenimine kapılmıştım; çünkü o zaman annelik ve ev hanımlığı itibarsızlaştırılıyordu sanki. Liberal kapitalist düzenin "kışkırtılmış" kadınlar yarattığını söylüyordu. Aile içi şiddet gibi vahim ve kanayan bir yarayı bile cinsiyet rollerinin bozulmasına bağlamaktaydı. O günlerde Fatih Altaylı'nın haklı olarak altını çizdiği, Fatma Şahin'in haklı olarak dile getirdiği gibi, bu yaklaşım Ali Bulaç'a özgü değil. Böyle düşünen ne çok erkek var maalesef. Sokağa çıkıp sormanız yeterli. İnsan sadece, düşünürlerden, hayatı düşünmek üzerine kurulu olan kalemlerden böyle laflar duyunca şaşırıyor.

* * *

Beni iki kadın büyüttü. Annem ve anneannem. 1970'ler Ankara'sı. Evlendiği zaman üniversiteyi terk eden annem, bir zaman sonra Fransa'dan boşanmış olarak, kucağında bir bebekle geri döndü Türkiye'ye. Ne diploması vardı, ne parası pulu, ne bir mesleği. Yapılabilecek en kolay şey onu hemen apar topar evlendirmekti; kadın kısmı, hele dul bir kadın kendi başına durmaz diye. Lakin benim "geleneksel" anneannem meseleye el koydu: "Ben bu bebeğe bakarım kızım, sen üniversiteye dön, bir an evvel derslerini tamamla, diplomanı al, mesleğine kavuş, sonuna kadar sana destek olurum." Böyle dedi, böyle yaptı Fahriye Hanım.

Türkiye'de anneannem gibi on binlerce, yüz binlerce kadın var. Kendileri okumadıkları halde kızlarını okutmak için canla başla didinen, kendileri ev dışında bir gün bile çalışmadıkları halde, anneliği de ev hanımlığını da "vazife" adına değil, seve seve gönülden yaptıkları halde, kadınlar için çalışmanın, kendi maaşlarını kazanabilmenin ne kadar önemli ve yaşamsal olduğunu gayet iyi bilen kadınlar... Kendilerine verilmeyen fırsatları kızlarına tanıyan cesur kadınlar... Ali Bey'in görmediği kadınlar.

Peki Türkiye'de ne kadar mutsuz kadın var biliyor musunuz? Hadi daha açık soralım, ne kadar çok mutsuz ev hanımı var biliyor musunuz? Çocuklar büyüyüp, yuvadan uçunca yahut kendi ayakları üzerinde durup bağımsız olunca, kocalar zaten işte güçte kariyerinde, bu kadınların birçoğu ağır depresyonlar geçirmekteler. Kendilerini boşlukta bulmaktalar. Nice kabiliyetleri varken bunları açığa çıkaramamış olmanın üzüntüsünü taşımaktalar. Hep bir şeylerden vazgeçerek var olmanın, kadınlığı fedakârlıkla özdeşleştirmenin, kadınlara seneler sonra geri dönüşü sert oluyor.

Ben kadınlar arasında, hatun taifesinin o karmaşık ruh iklimini gözlemleyerek büyüdüm. Anneanneler, teyzeler, anneler... Okurlarımın çoğu kadın. Benimle hayat hikâyelerini çekinmeden paylaşan, uzun mektuplar yazan, kimi başörtülü, kimi başı açık; kimi muhafazakâr, kimi feminist, her telden, her demden ve her yaştan kadın. Bizler eve kapatılmak istemiyoruz. Toplumsal hayatın her aşamasına katkıda bulunmak istiyoruz. Çalışan kadın olmak zor, evet. Bilhassa bizim gibi ataerkil toplumlarda, yani aile kurumunun sorumluluklarının kadın ve erkek arasında eşit dağılmadığı; kadının "içişleri bakanı", erkeğin "dışişleri bakanı" diye görüldüğü memleketlerde, hem anne, hem evi çekip çeviren, hem dışarıda çalışan olmak iki misli, üç misli zor. Ama bunu başaran nice kadın var.

Ve zorlukları azaltmanın yolu, bizleri gerisingeri eve göndermekten geçmiyor. Tam tersine, daha fazla kadının Türkiye basınında, siyasetinde, bürokrasisinde, eğitim hayatında, akademi dünyasında, iş dünyasında yer alması bu ülkeyi daha da güzel, daha da yaşanılası ve evet, daha barışçıl ve huzurlu bir yer kılacaktır.

Onlar ve hanımları

Bir kitap yayımlansa Türkiye'de. Başlığı da "Onlar ve Eşleri" olsa mesela. Ya da "Onlar ve Hanımları", artık yazarın/yayınevinin tercihine kalmış. Anlatsa bize, bu sefer bambaşka bir gözle. Anlatsa kültürel/edebi tarihimizin unutulmaz simalarının yanında yer alan kadınların hikâyelerini.

Namık Kemal, Şinasi, Ahmet Vefik Paşa, Ahmet Midhat, Tevfik Fikret, Yakup Kadri Karaosmanoğlu, Necip Fazıl Kısakürek, Cemil Meriç, Ahmet Haşim ya da Peyami Safa... Ne çok şey okuduk bu yazar/düşünür/şairler hakkında. İsimlerini önemle zikrederiz nice güncel tartışmada. Ama ne kadar az bilgimiz var onların hayatlarındaki kadınlar söz konusu olunca. Halbuki bu kadınlar muhtemelen pek çok yükü omuzlarında taşıdılar. Ve kocalarının edebi başarılarında/ünlerinde/miraslarında azımsanmayacak payları var.

Rus edebiyatına yönelik son dönem peş peşe yayımlanan araştırmalar içinde en ilginçleri "yazar eşleri" hakkında olanlar. Bu kitaplardan bir tanesi Aleksandra Popoff imzası taşıyor. Bugün Rus edebiyatı dendiğinde ilk akla gelen isimlerin hayatlarındaki gölge-eşleri araştırmış. Vera Nabokov mesela. Sofya Tolstoy. Anna Dostoyevski. Elena Bulgakov. Ya da Natalya Soljenitsin. Okurken anlıyoruz ki bu kadınlar, bugünün edebiyat severleri-sanatperestleri tara-

fından tanınmayı fazlasıyla hak etmekteler.

Popoff, kenarda kalanların sesini duyurmayı seven bir araştırmacı. Tarafsız olduğu söylenemez. Ekseriya kadından yana kullanıyor oyunu. Daha evvel de Sofya Tolstoy üzerine bir inceleme yayımlamıştı. "Ünlü romancının histerik ve kaprisli karısı" imajinın ötesine geçen bir kitap çıkarmıştı ortaya. Bu sefer çıtayı daha da yükseltmiş. Yazar eşlerinin hayatları arasındaki benzerlikleri görmek şaşırtıcı. Biraz da ürkütücü. Benzer hüsranlar, benzer mücadeleler, benzer yorgunluklar.

Malumu ilam etmek demek, yazarların benmerkezci varlıklar olduğunu söylemek. Ama yazar eşlerinin hayatlarını okurken bencilliğin sınırları olmadığını görüp hayret ediyor insan. Daima övgü, destek ve adanmışlık bekliyor belli ki romancı taifesi. Ne kadar desteklenseler tatmin olmuyorlar. Değil dünya, koca bir kâinat kendi etraflarında dönüyor addediyorlar. (Kadın yazarların daha az bencil olduğunu filan iddia etmiyorum. Hiç aşağı kalır yanımız yok kanımca. O da başka bir yazının konusu.)

Bu eşlerin bir kısmı, kocalarının "kâtip"liğini yapmışlar. Kocaları dikte etmiş, onlar kâğıda geçirmişler, özenli el yazılarıyla. (*Savaş ve Barış*'ı defalarca temize çeken Sofya Tolstoy gibi.) Bir kısmı, kocaları rahat yazsın diye evde mükemmel bir düzen oluşturmuş, çocukların ses çıkarmadan uslu uslu büyümeleri için uğraşmış. Bir kısmı ise, kendi hayallerinden vazgeçip kocalarının çalışma ritimlerine göre sil baştan kurmuş gündelik hayatlarını. Öyle bir sene, iki sene boyunca değil, en az yirmi otuz sene. Ve kocaları ünlenirken, kitap üstüne kitap yayımlar, hayranlarıyla buluşurken, bu yükselişin kamusal kısmında hemen hemen hiç görünmemiş eşler.

* * *

The Book dergisinde yayımlanan kitap incelemesinden aklımda kalan bir sahne var: Dostoyevski bir gün gene kumar oynar, elindeki bütün parayı kaybeder. Karıkoca zor durumda kalırlar. Öyle bir an gelir ki Anna evdeki eşyaları satar. Akşamları davetlere gidemez, çünkü uygun bir elbisesi yoktur. Gene de kocasına laf söyletmez. Israrla etrafındakilere zaten sosyal ortamlara katılmayı sevmediğini anlatır. Ama Dostoyevski, Puşkin festivalinde bir konuşma yapacağı zaman gidip dinlemek ister. Gizlice gitmeye karar verir; bir yabancı gibi kalabalığa karışarak uzaktan izlemeyi düşünür kocasının başarılarını.

Dikkatimi çeken ayrıntılardan biri, kocaları vefat ettikten sonra eşlerin geçirdiği dönüşümler. Örneğin Soljenitsin denince aklımıza gürül gürül muhalefet eden bir yazar gelir. İnsanlığı otoritenin tehlikelerine karşı uyaran, Gulagların içyüzünü anlatan, Stalin döneminin karanlıklarını deşen, Nobel Ödüllü bir kalem. Ama eşinin Putin'in en büyük destekçilerinden biri olduğunu anlamak da, hazmetmek de zor. (Hoş yazarın kendisi de vaktiyle desteklemişti Putin'i ama karısı kadar değil.)

Peyami Safa'nın felçli eşi Nebahat Hanım, Samipaşazade'nin fırtınalı Latife'si, Necip Fazıl'ın "Otuz yedi yıldır çile ortağım" dediği Neslihan Hanım, Yahya Kemal'in gizli aşkı, Nâzım Hikmet'in de annesi Celile Hanım... Ne çok kadın sureti var gölgede kalan, ne çok hayat hikâyesi yazılmayı bekleyen.

Sarı tebessüm

Mahatma Gandi'nin vakti zamanında, Doğu-Batı tüm insanlığın dikkatini çektiği "yedi temel günah" var. Yedisi de birbirinden düşündürücü:

1. Çalışmadan edinilen servet.
2. Bilinçten mahrum mutluluk.
3. İnsanlık fikri olmaksızın yapılan bilim.
4. Kişilikten yoksun bilgi.
5. İlkesiz siyaset.
6. Ahlaksız ticaret.
7. Ödünsüz ibadet.

Her birine uzun uzun vakit ayırmak, kafa yormak lazım. Lakin bu yazıda niyetim "bilinçten mahrum mutluluk"u kurcalamak. Ne de olsa, "İdrak arttıkça saadet azalır" diyen bir ekol var edebiyatta. Başını Ernest Hemingway'in çektiği.

Şöyle demişti ünlü yazar: "Akıllı insanların mutlu olduklarına nadiren şahitlik ettim!" Ondan seneler evvel Mark Twain de benzer bir cümle sarf etmişti: "Mutluluk ile zekâ imkânsız bir birleşimdir." Aynı kişide buluşmazlar. Bu mantığa göre ne kadar az şey bilirsek şu fani hayatta, ne kadar az kafa yorarsak dünyada ve memlekette neler olup bittiğine, o kadar çoğalır mesut olma ihtimalimiz.

Bundan uzun seneler evveldi. *Bit Palas* yayımlanmış, basında bir dolu eleştiri yazısı çıkmış, imza günleri, festivaller olmuş... Ben İstanbul'dan bunalmışım, İstanbul benden bunalmış. Bir deli rüzgâr esti hayatımda, dem öyle bir demdi; ruhumdaki firarperest uyandı, isyan bayrağını çekti. Karman çorman olan hayatımı yeniden düzenlemek, bir diyardan gitmekten ziyade kendimi terk edebilmek amacıyla düştüm yollara, yollara. Vardım İstanbul'dan olabildiğince uzaklara.

Gözümü açtım Boston'da. Mevsimlerden güzdü, bir üniversite kampusuydu. Sessiz sakindi alabildiğine. Ben ki alışmışım sese, karmaşaya, kaosa, yadırgadım, hem de nasıl. İstanbul'dan gelmişim, gecenin gündüzden daha gürültülü olduğu Kazancı Yokuşu'ndan. Burada ise bölüm başkanı gururla anlatıyor: "Ah, çok rahat roman yazarsınız kampusumuzda. O kadar sessizdir ki insan yürürken saçının çıkardığı hışırtıyı dinleyebilir." Diyemiyorum ki, "Ama ben sessizlik sevmem".

Elimde en bunalım filozofların, romancıların, şairlerin kitapları. Yusuf Atılgan okuyorum, Cemil Meriç, Peyami Safa. Cioran okuyorum, damardan, Rilke ve Kierkegaard üstüne tuz biber. Ben böyle yarı vampir yarı kasvetli bir ruh halinde dolaşıyorum. Üzerimde siyahlar, griler. Giderek bir şey dikkatimi çekiyor etrafta. Hemen her köşe başında gülen bir sarı surat çıkıyor karşıma! Birisi birine not mu yazacak, hemen altına yapıştırıyor sarı suratı. E-mail mi yollanacak, gene o surat mesajın sonunda.

Okulun rektörü öğrencilere ya da akademisyenlere bir uyarıda mı bulunacak, dağıtılan resmi belgenin altında gülen sarı surat! Aldı beni bir merak. Nereden geldi bu sembol? Nasıl bu kadar kanıksandı? İlk defa o zaman yoğun olarak düşünmeye başladım, "bilinçli mutluluk" ne demek, "bilinçsiz mutluluk" ne demek diye.

Bugün her yerde görmeye alıştığımız gülen sarı suratlar Amerikalı bir grafik sanatçısı tarafından geliştirildi.

1960 başlarında Harvey Ross Ball, finansal krizin eşiğinde işçileri işten çıkaran, ödemelerde kesintiler yapan bir şirkette "moralleri bir parça olsun düzeltmek" için görevlendirildi. Kendisinden sempatik bir sembol bulması istendiğinde o da bunu çizdi. Ağzın kenarına hafif bir çarpıklık eklemeyi ihmal etmeden. Mesut ama her an arızalanabilecek bir yüzdü onun tasavvur ettiği.

1970'lerde bu tasarım Bernard ve Murray kardeşlerce alınıp kitlelere yayıldı. Sarı suratlar taşıyan defterler, kalemler, silgiler, kupalar, çantalar, cüzdanlar... Akla hayale gelmedik eşyalar üretildi. Hızla ulaştı sembol, toplumun her katmanına. Beraberinde gelişen kültürel söylem, asık suratlı ve hep ciddi olmayı "medeniyetsizlik" olarak görmeye başladı. Güçlü olmak, mutlu olmak, sağlıklı olmak, dirayetli olmak... Bunlardı prim yapan. İşin ilginç yanı gülen suratın bir ikon olarak yayıldığı dönemler Amerika'nın zor dönemleriydi aslında. Vietnam savaşı, öğrenci eylemleri, meşruiyeti sarsılmış bir hükümet ve her şeye rağmen dükkânlarda gülümseyen sarı suratlar.

Gandi'nin lafına dönelim. "Bilinçten mahrum mutluluk" yeğlenecek bir hal değil, doğru. Ama bazı bazı kurcalar aklımı. Sizce hangisi daha az yorucu? Gülmekte zorlanan, gülmeye gülmeye tebessümü unutan, sokakta tanımadığı insana gülümseyene "deli" gözüyle bakan, şüpheci ve komplo teorici ve gergin bir toplum olmak mı? Yoksa mutluluğu biraz daha hafife almak mı? Belki de ikisinin ortası en aklıselimi.

Son tahlilde, sarı değil ama gökkuşağı renkleriyle kendine gülebilen, arızalarıyla dalga geçebilen, mizah duygusu körelmemiş insanlar ve toplumlar çok daha kolay geçiyor demokrasiye. Onu da unutmamalı.

Gece

Benim annem 14'ünde gelin oldu, 19'unda kurban. Annem, güzel annem, gülüşü güneş annem, gözümün önünde bıçaklandı, tam 47 yerinden. Geceydi. Karanlıktı. Geceydi. Kimsesizdi. Ama sessiz değildi. Bağırdı annem. Ağladı kardeşim. Daha bebe, 1,5 yaşında; gözleri korkudan büyümüş, iki dipsiz, kapkara göl taşır gözpınarlarında. Bağırdım ben. Sokağın üzerinden. Evlerin, çatıların, karakolların, kaldırım taşlarının üzerinden yankılandı feryadım. Duymadınız mı?

Duymamış olmalısınız ki gelmediniz. Hiçbiriniz.

Gelmedi kimse. Ne komşular, ne polis amcalar. Ne seçim zamanı mahallemize uğrayan politikacılar, ne uzaktan yazan gazeteciler, ne yıkık evlerimize paha biçen emlakçılar. Kimse yoktu. İstanbul on milyondan fazladır diyorlar. Öylesine devasa. Hem bu kadar kalabalık, dip dibe insanlar, hem böyle çöl gibi ıssız, yapayalnız nasıl olur ki bir şehir? Çözemedim ya.

Sabahın ilk saatlerinden beri dayak yiyordu anam. Yanı başımızda. Saçından tutup sehpaya vurdu kafasını babam. Tuhaf, tok bir ses çıktı. Sanırsın ki yer yarıldı. Yarıldı da içine girdim, utancımdan, kahrımdan. Yüreğim kırıldı ortasından. Bir damla kan aktı anamın alnından. Sehpanın üzerindeki beyaz dantel lekelendi. Aklım takıldı bir an. Nasıl çıkaracaktı o lekeyi anam? Uğraşacaktı gene; sabunla, deterjanla, ılık sularla; parmaklarında nasır, ellerinde çatlaklar; elbiselerinden, çoraplarından kendi kanının izini çıkarırdı anam.

Ben sindim bir köşeye. Dilimi ısırdım. Dilim lal oldu. Tekmeledi anamı babam; sırtına, karnına vurdu. Karnında can vardı. Karnında kardeşim vardı. Kız olursa Gülizar olacaktı, erkek olursa Yusuf. Sopa çıkardı babam. İnce, uzun. Bizi hizaya sokmak için eve getirdiği o sopa. Yaramazlık yaptığımızda inerdi sırtımıza. Annemin bir parça derisi var o sopanın ucunda, saç telleri yapışmış hâlâ.

Niye alıp götürmedi polisler babamı? Nasıl müdahale etmedi komşular? Bakkal, kasap, manav, teyzeler, amcalar... Neredeydiler? Bu kadar mı korktu koskoca yetişkinler tek bir adamın cinnetinden? Demek tek bir kişi bütün bir şehri sindirebilir? Öyle mi?

Hava karardı. Babam yatışmadı. Duvardaki saatin tik takları durdu, babam durmadı. Geceydi. Kimsesizdi. Ama sessiz değildi. Anam çok feryat etti, koltuğun üzerine yığılana kadar. Kaldı oracıkta nefes almadan. Bir gün bir oyuncak bebek görmüştüm, yatıyordu çöpte. Kolu çıkmış, bacakları kopmuştu; onun gibiydi anam da, sallanıyordu kolları boşlukta. Kardeşim çok ağladı. Babam çok küfretti. Duymadınız mı? O kadar mı kalındı duvarlar? Sizi bizden ayıran?

Sonra tuttu elimizden babam, "Düşün önüme" dedi. Karakola geldik. Kardeşimin altı çişli, bacakları pişik, karnı aç. Ben de açtım ya, diyemedim korkudan. Karakolda polis amcalar, "Ya sen ne yaptın?" dediler babama. "Yazık değil mi bu bebelere? Kim bakacak bunlara şimdi?"

O zaman anladım ancak. Anladım ki anam ölmüş. Benim

annem, gülüşü güneş annem, 14'ünde gelin, 19'unda kurban...

* * *

Bu yazı Balat'ta, nikâhsız eşi tarafından çocuklarının gözü önünde bıçaklanarak öldürülen Mahmure Karakule'ye atfedilmiştir. Mahalle sakinlerinden bazıları defalarca polise telefon ettikleri ve durumu bildirdikleri halde polisin gelip Zülfikâr Bakır'ı tutuklamadığını, alıp götürmediğini söylüyorlar.

Böyle konularda bir inceleme yürütülecek mi? Böyle korkunç trajedilerin yaşanmaması için polis teşkilatı içinde düzenlemeler yapılmakta mı? Kadın sığınma merkezlerinin artması için bütün belediyelere bir mecburiyet getirilecek mi? Yeni ve ileri yasal düzenlemeler hayata hızla geçirilecek mi? Olacak mı tüm bunlar?

Yoksa kadınlarımız tamamen kendi başına mı? Bu kadar mı sahipsiz, bu kadar mı çaresiz Türkiye'nin en büyük, en gelişmiş şehrinin orta yerinde bir kadın ölümüne dayak yerken?

Etoburlar ve otoburlar

Seveni çok bir et lokantasında oturmuş, etrafa kaygılı gözlerle bakıyorum. Onlarca etoburla çevrilmiş sağım solum, önüm arkam. Genç çiftler, kalabalık aileler, kadim dostlar, yeni arkadaş olmuşlar... Herkesin keyfi yerinde görünüyor; tabaklarında çeşitli biçimlerde kesilmiş ve pişirilmiş et yığınları yükseliyor. Benimse nefesim daralıyor.

"Bakma öyle kötü kötü insanlara; yamyam değiller" diyor Eyüp.

Yamyam değiller ama ait olmadığım bir evrendeler. Ve en tuhafı, ben o evrene geçiş yapmaktayım. Arada bir iki defa "belki değişirim" umuduyla başlayan teşebbüslerimi saymazsak, on altı senedir ilk defa "yarı vejetaryen" kimliğimi terk etmekteyim. Takımına ihanet eden taraftar gibiyim. Yanlış formayı giymişim; üstüme oturmuyor. Otoburluktan etoburluğa transfer oluyorum.

Masamın üzerinden dargın dargın bakıyor marul yaprakları, maydanoz demetleri. Bırakın tadını, adını dahi bilmediğim etçiller mönüden bana göz kırpıyor: Nuar! Kontrnuar (herhalde nuarın karşıt görüşlüsü), antrikot (hiçbir fikrim yok), bodigo (İtalyan bir moda markasını andırıyor), pençeta (İspanyol bir dans türü), kürek (bildiğim kürekle ilgisi olmasa gerek), kontrfile (kulağa karanlık geliyor, derin devlet çağrıştırıyor), gerdan (bir dansözü yakalayıp kesmişler gibi geliyor).

"Seçtin mi?" diye soruyor Eyüp.

Başımı sallıyorum umutsuzca. "Ne biçim isimler bunlar?"

"Ver beceriksiz, ben söylüyorum senin için."

Böylece garsonu çağırıp, anlamadığım bir dilde anlamadığım bir sipariş veriyor. Burada ne arıyorum peki? Sahneyi durduralım. Filmi başa saralım.

Bir gün önce: Doktor karşısında terliyorum. Normal bir insanınkinden çok daha alt seviyede çıkmış demir değerlerim. "Ya siz paşa paşa etoburluğa geçeceksiniz, ya biz sizi kırmızı et yemeye başlatacağız" diyorlar nazikçe.

Çocukluğumdan beri sevmem halbuki kırmızı eti. Tabağına köfte konunca ağlayan bir velettim. Lisede, üniversitede, sevemedim gitti mübarek. Bünyeme uygun gelmedi. Ne de ruhuma.

"Belki şimdi ete başlayınca kişiliğiniz de değişir" diyor güler yüzlü, yardımsever hemşire hanım.

Ben de buna inanıyorum ya. Yediklerimizdeki enerji bize geçiyor. Sürekli et yiyen bir insan ile sürekli sebze yiyen birinin fıtratı aynı olmuyor. Savaşa giden bir orduya, maça çıkan bir boksöre salata yedirdiklerini düşünemiyorum. Yapsalar, adamlar savaşmanın, dövüşmenin anlamsızlığına kanaat getirebilirler.

Et yemenin etik olmadığına inanan çok yazar var edebiyat dünyasında. Bunların başında Tolstoy gelir. "Bir insan hayvanların etini yemeden sağlıklı bir şekilde yaşayabilir. Buna rağmen hayvanları öldürüp etlerini yiyorsa, demek ki etik olmayan bir iş yapmakta" demişti.

Eyüp'ün buna cevabı: "Tolstoy, Adanalı değildi."

"Ama bak Einstein da söylemişti aynı şeyleri. Bütün insanlık vejetaryen beslenme biçimine geçse, insanların karakterleri yumuşar ve hepimiz için daha hayırlı olur, demişti."

Eyüp'ün buna cevabı: "Bunu diyen adam, Hitler atom bombası üretiyor korkusuyla, Amerikalılar da atom bombası yapsın demeye getirdi, sonra pişman olsa da. Vejetaryenlerin barışçıllığını abartmayınız."

"George Bernard Shaw'u düşün o zaman. Hayvanlar benim arkadaşlarım, ben arkadaşlarımı yemem, dedi. Haksız mı?"

Eyüp'ün buna cevabı: "Valla inekler, koyunlar arkadaşım filan değil."

"Gandi de karşıydı et yemeye" diyorum son bir gayretle.

Eyüp'ün buna cevabı: "O yüzden bir deri bir kemik gitti."

"Leonardo da Vinci, Kafka, Dalai Lama... Hiçbiri tasvip etmediler et yemeyi. Ve..."

Ben daha sözümü bitirmeden Taş Devri'nde Fred Çakmaktaş'ın yediği kallavi etlere benzeyen bir nesne geliyor masaya, önüme konuyor. Garsonun, Eyüp'ün ve nasıl olduysa durumdan haberdar edilmiş restoran müdürünün meraklı bakışları altında, zorla alıyorum bir lokma. Ben çiğnedikçe onlar memnun gülümsüyor. Etoburlar, aralarına yeni bir fert kazandı. Bense otoburluktan fire verdim, bunca sene sonra, üzgünüm.

Kız kardeşliğe ihtiyacımız var

Bizler, bu buruk ve yalnız ülkenin gereksiz yere yıpranan ve ekseriya vaktinden evvel yaşlanan kadınları, bir yol ayrımındayız bugün. Geldik vardık işte. Önümüz sıra çatallanıyor kulvar; iki yanda iki patika... Durduk bakıyoruz, hangisini seçeceğimiz meçhul ilk bakışta.

Patikalardan biri geriye doğru gidiyor. Kıvrıla kıvrıla daralıyor sicim gibi. Bunu seçersek, kendi aramızda kutulara, kutuplara ayrışmaya devam edeceğiz demektir. Önyargılardan, zanlardan yahut korkulardan dolayı bir türlü bir araya gelemeyeceğiz demektir. Mesafeler kalacak aramızda. Köprüsü olmayan uçurumlar. Zihinlerimizde, yüreklerimizde yükselecek camdan duvarlar... Değmeyecek birbirine ellerimiz, iç içe geçse de aslında hikâyelerimiz. Kendi kültürel gettolarımızda yaşayacağız. Sadece bize benzeyen, bizim gibi düşünenlerle ahbaplık edeceğiz. Birbirimizin dertlerine bigâne, duyarsız kalacağız. Ve işte o zaman bizim bu parçalanmış halimizden, her zaman olduğu gibi gene ataerkillik nimetlenecek ve mevcut düzen aynen devam edecek.

İkinci bir patika daha var lakin, onu da tercih etmek mümkün: Çıkacağız kutularımızdan. Sıyrılacağız kalıplarımızdan. Anlayacağız ki bizim, sırf kadın olmaktan kaynaklanan çok geniş bir ortak paydamız var. Başörtülüsü, şortlusu, Kemalisti, milliyetçisi, muhafazakârı... Türk, Kürt,

Alevi, Ermeni, Musevi... Anlayacağız ki biz kadınlar şimdi bir araya gelemezsek hepimiz zarar göreceğiz katlanarak artan şiddet ikliminden. Anlayacağız ki kız kardeşliğe ihtiyacımız var. Bugün her zamankinden fazla.

Bu memlekette kadınlar ve çocuklar hakkında hayati öneme sahip kararları kimler veriyor? Kadınlığa dair en ufak bir fikri yahut empatisi olmayan, çocukluklarını da çoktan unutmuş muhafazakâr erkek siyasetçiler!

Hem de bir kez olsun kadın ve çocuk derneklerine danışma gereği duymadan yapıyorlar bunu. Sivil toplumla paylaşmadan. En büyük yanlış burada zaten. Bu korkunç ve kadim tek taraflılıkta. Hiçbir akla, mantığa ve vicdana sığmayan yasaları bu şekilde geçirmeye çalışıyorlar, hep tepeden, salt kendi pencerelerinden... üstelik "kadınları ve çocukları koruma" adına yapıyorlar bunu, iddiaları o ki... Sonuçta korunan, asırlar evvel adaletsizce tanımlanmış soyut bir "namus" kavramı oluyor. Öyle bir "namus" algısı ki, kız çocuklarının ve kadınların en güzel hayallerini öğüterek beslenen, başkalarının mutsuzluklarıyla semiren bir ucube yaratık adeta.

"Sessizliği gevezelerden, hoşgörüyü hoşgörüsüzlerden ve şefkatli olmayı katı kalpli merhametsizlerden öğrendim" der Halil Cibran. Ve fısıldar ardından: "Ne tuhaf ki hiçbir minnet duymuyorum bu öğretmenlere."

Böyle bakınca aslında, insanın "öğretmen"i ne kadar çok Türkiye'de. Dostluk, arkadaşlık, ruhdaşlık ve kız kardeşliğin önemini bize gösteren.

Çoğulcu demokrasinin kıymetini, demokrasiye zerre kadar kıymet vermeyenlerden öğreniyoruz.

İnsanın insana zor gününde destek olmasının değerini,

darda kalana keyifle tekme atanlardan öğreniyoruz.

Öyle bir dönemden geçiyoruz ki kendilerine "gazeteci" yahut "yazar" veya "sanatçı" diyebilen birtakım insanlar, meslektaşlarına en büyük hakaret, iftira ve çamurları atabiliyor. Ve hatta meslektaşları tutuklandığında sevinip bayram edebiliyorlar. Bir vicdan erozyonudur yaşadığımız, her gün biraz daha eksiliyor ayaklarımızın altındaki toprak.

Hakaret geçer akçe oldu bu topraklarda. Öfke en yaygın duygu. Bağırmadan konuşana rastlamak zor. Hele karşısındakini dinleyene denk gelmek samanlıkta cevher bulmak kadar olağanüstü. Bugün Türkiye'de eli kalem tutan herkes tedirgin. Her gazeteci, yazar, karikatürist, şair tedirginlikten nasibini alıyor. Bir makale veya bir söyleşide gecen bir cümle yahut bir şiir ya da bir tweet yetebiliyor aniden yanlış anlaşılmamıza, damgalanmamıza, yaftalanmamıza, hakaretlerin hedefi olmamıza. Bu şartlar altında kimsenin çıkıp da, "Özgürce yazıyorum" demesi mümkün değil. Otosansür o kadar derine işlemiş ki... Lakin konuşmuyoruz bu hassas konuyu, dillendirmiyoruz fazla. Dışarıdan dayatılan sansürü anlatmak yahut ifşa etmek daha kolay da, içeriden kendi kendimize uyguladığımız minik sansürlere ne demeli?

Bu memleket şüphesiz ki çok çetrefil günlerden ve dönemeçlerden geçti tarihi boyunca. Neleri yaşadı bizden önceki kuşaklar. Dirayetlerini yitirmediler. Lakin hiçbir dönemde toplum olarak bu kadar hoyratlaşmamıştık birbirimize karşı. Birbirine selam vermeyen, verilen selamı ise, "Aman, bizden değildir" diye almayan insanların ülkesi olduk.

İnanıyorum ki her şeyin ve herkesin bu kadar hırpalandığı bir ortamda sivil toplumun merkezi artık kadınlardır.

Eriye eriye bir damladan ibaret kalan çoğulcu demokrasimizin ihtiyacı olan enerjiyi verebilecek olan gene kadınlar.

Tesadüf değil bugün kadınların sesini yükseltmesi.

Ne de olsa bin bir emekle kurulan laiklik tamamen elden giderse, ataerkillik palazlanmaya devam ederse, biz kadınların kaybedecek daha fazla şeyimiz var.

Babalarının günahlarını oğullar mı sırtlar?

Bir arkadaşım vardı, bundan nice zaman evvel. Babası sert, asabi, asık suratlı bir adamdı, asla tebessüm etmeyen. Ona buna bağırdığına, ileri geri konuştuğuna ve bir seferinde küfrederek birinin üzerine yürüdüğüne şahit olmuştuk; karısını ve çocuklarını dövdüğünden şüphelenirdik. Kimse sormazdı bu konuları.

"Kapılar kapandı mı, perdeler örtüldü mü, bir evin içinde yaşananlar sadece o aile fertlerini ilgilendirir, bizi bağlamaz" tutumunun hâkim olduğu günlerdi onlar. Böyle diye diye ne çocukları, ne kadınları korurduk aile içi şiddetten. Kuzuyu kurda yem ederdik gafletimiz, sessizliğimiz ve o edilgen, bitimsiz, korkak kabullenişimizle. Böyleydi işte. Orta sınıf mahalle hayatları...

Bir gün sokakta çocuklar dizilmişler, ağabeylerinden ve babalarından konuşuyorlar. Ben de dinliyorum, söyleyecek bir lafım yok, "misafir sanatçı" konumunda. Derken arkadaşım atıldı birden: "Biz babamla futbol oynuyoruz, pikniğe de gidiyoruz..." Başladı anlatmaya. Ballandıra ballandıra. O konuşurken, içimde, ruhumda, adım gibi biliyordum söylediği her şeyin yalan olduğunu.

Öteki çocuklar da biliyordu. Ondandı gözlerini kaçırmaları. Hiçbirimiz inanmadık söylenenlere. Gördüğümüz hoyrat adam ile oğlunun bize aktardığı sevecen ve sempatik

baba arasında fersah fersah mesafe vardı. Ama itiraz etmedik, utandırmamak için, üzmemek için. Olduğu gibi kabullendik. Olması gerektiği gibi.

Büyük bir edebiyat festivalinde herkesin donakaldığı bir an tahayyül edelim. İki kişi sahnede konuşuyorlar diyelim. Seyirci soluğunu tutmuş. Biri ötekine sorular yöneltiyor. Cevaplayan adam, bir an durup derin bir nefes alıyor, "Evet, babamın asılmasını haklı buluyorum" diyor. Ve salonda derin bir sessizlik.

Bu sahne Hay Festivali'nden. Söyleşiyi yapan, yazar-hukukçu Philippe Sands. *Financial Times* gazetesinde uzun ve sarsıcı bir yazıda anlatmıştı bu hadiseyi. Söyleşi yaptığı insan ise üst düzey bir Nazi yetkilisinin oğlu. İsmi Niklas.

Niklas sıradan bir evlat değil. 1987'de Almanya'da bir hayli gürültü koparan bir kitabın yazarı aynı zamanda: *Der Vater*. Liberal ve demokrat bir oğulun gözünden, Nazi babasını anlatan ve onun günahlarını taşımak istemediğini açıklayan bir kitap. İlk defa önde gelen bir Nazi yetkilisinin evladı çıkıp babasını eleştirmiş oluyordu bu eserle.

Philippe Sands, Niklas ile tanışmaktan o kadar etkilenir ki "suçlu babalar ve oğulları" ikilemini deşmeye karar verir. Niklas kendisine bir başka orta yaşlı "oğul" ile tanışmasını tavsiye eder. İsmi Horst'tur. Yalnız bir uyarıda bulunur: "O benden farklı düşünüyor."

Nitekim hukukçu, Horst ile tanışmaya gittiğinde bambaşka bir sohbet gerçekleşecektir aralarında. Horst, bir yandan dönemin Almanya'sında yapılanları eleştirmekte, Hitler'e kızmaktadır. Ama üst düzey Nazi olan kendi babasına toz kondurmadan. Söyleşi esnasında defalarca, o konumda babası değil de başkası olsaydı çok daha vahim şeyler olacağını söyleyerek bir anlamda babasını savunacaktır.

İşin ilginç yanı gerek Niklas'ın babası, gerekse Horst'un babası insanlık suçlarından yargılanmış, mahkûm edilmiş önde gelen Nazi subayları. Her ikisinin de on binlerce Yahudinin katliamında başat rol oynadıkları, hatta birkaç kasabadaki Yahudi nüfusun tamamen silinmesinin baş müsebbibi oldukları iddia ediliyor ve ispatlanıyor. Ancak oğullardan biri babasının günahlarından utandığını ve onun asılmasını haklı bulduğunu ifade ederken; öteki, babasının son tahlilde "iyi bir insan" olduğunu söylüyor ısrarla, sebatla.

"Peki öldürdükleri?" diye soruyor hukukçu. "Yaptığı kötü işlere ne diyorsunuz?"

Önce cevap vermek istemiyor Horst. Ardından ilginç bir cümle sarf ediyor: "Anlamıyorsunuz, babamda iyi bir şey bulmam lazım."

Bu araştırmayı okurken ta çocukluğumda dinlediğim arkadaşım geliyor aklıma. Onun yaptığı da farklı bir şey değildi zira. "Anlamıyorsunuz, babamda sevecek bir şey bulmam lazım" diyordu bize futbol ve piknik hikâyelerini sıralarken.

* * *

Cumhuriyet tarihi boyunca yüzleşmemiz gereken nice karanlık ve iç karartıcı hadise var. Her birinden geriye acılar, yaşlar, anlatılmayanlar kaldı. Üç askeri darbe geçirdi bu memleket. İşkencenin vaktiyle sistematik olarak yapıldığı bir ülkeydi. Kardeş kardeşi vurdu.

Dersim, Koçgiri, Kahramanmaraş katliamları, Diyarbakır hapishanesinde yaşanan işkenceler, üniversite önünde öldürülen gencecik öğrenciler, sağ-sol fraksiyonları ve daha niceleri... Yakın tarihimizde Sivas katliamı...

O günlerde bu cinayetleri işleyenlerin yahut şiddete azmettirenlerin bir kısmı "aile babası" olsa gerek. Onların da oğulları var. Merak ediyorum bu oğullar, Niklas gibi babalarını eleştirmekte mi, yoksa Horst gibi babalarında sevecek bir yan, tutunacak bir dal mı aramaktalar?

Sahi, babaların günahlarını oğullar mı sırtlar?

Dogmasız günler dileğiyle...

Düzenli olarak günde yarım paket çikolata yemek bizi daha mutlu, iyimser ve dinamik bir insan mı yapıyor, yoksa erken yaşlanmaya mı sebep oluyor? Belli bir yaştan sonra yumurta tüketmek zararlı mı, yararlı mı? Peki süt ürünleri? Peki ya akşamları bir kadeh kırmızı şarap? Sabahları iki üç fincan kahve içmek kalbi yoruyor mu, yoksa kalbe yarıyor mu?.. Onlarca soru, yüzlerce ayrıntı okuyor, duyuyor, konuşuyoruz hemen her gün. Okuduğumuza ekseriya inanıyoruz. Halbuki gazete/dergilerde bugün rastladığımız bilgiler ile daha dün aynı sütunlarda okuduğumuz yazılar düpedüz çelişebiliyor. Hatırlamadığımız için rahatsız olmuyoruz. Yakın zamana kadar "doğru" addettiklerimizi şaşılacak bir hızla "yanlış" kabul ediyoruz. Bilgi ile efsane arasında incecik bir eşik var, orada tek ayak üstünde dengede durmaya çalışıyoruz.

* * *

Bir kitaptan söz etmek istiyorum size. Samuel Arbesman imzalı: "Olguların Yarı-Hayatı: Neden Bildiğimiz Her Şeyin Bir Son Kullanma Tarihi Var?" Arbesman'ın tezi hayli yalın ve çarpıcı.

Doğruluğundan yüzde yüz emin olduğumuz bilimsel, toplumsal ve tıbbi verilere yakından bakıyor; bunların önemli bir kesiminin son iki yüz yıl içinde tersyüz edildiğini ispatlıyor. Yani çok emin olduğumuz doğruların aslında çürük olduklari ortaya çıkıyor. Yıldızlar/gezegenler hakkındaki bulgularımız, dinozorlara dair genellemelerimiz, hatta ekonomi ve enflasyon üzerine bildiklerimiz...

Yazara göre benzer hipotezlerin nicesi tepetaklak olmuş durumda. Yepyeni bilgilerimiz var bugün. Lakin yarın onlar da çürüyecek. Belki de insanlık ancak böyle ilerleyebiliyor. Yeni doğrular yaratıp, onlara körü körüne inanıp, daha sonra yanlışlıklarının farkına varıp bambaşka doğrular arayışına girerek... Bir devridaim ki sürekli yenilenmeyi, öğrenmeyi ve esnek olmayı gerektiriyor.

Arbesman'ın kaygı duyduğu nokta şu: Bir yandan taze bilgiler edinip eskilerini atıyoruz ama herkes bu gelişmeleri takip etmiyor. Yani hâlâ bugün dünyanın birçok yerinde aslı astarı olmayan "olgular"ı kutsal kabul eden çok insan var. Mesela bir zamanlar, "Sakarin kanser yapıyor" yahut "Stres ülser yapıyor" deniyordu; bugün her iki sav da yalanlanmış durumda. Ama şöyle bir yürüyüşe çıkın, stresten dolayı ülsere yakalandığına inanan ne çok insana rastlarsınız. Kitabın düşündürücü iki iddiası var: Birincisi, bilimsel bilgi birikimi her elli yılda bir on katına çıkıyor! Bu da demek ki yakın geçmişte okullarda okutulan, üniversite ve araştırma merkezlerinde temel alınan bilgilerin çoğu şu anda geçersiz. Bugünkü bilgilerimizin önemli bir kısmı da yarın "gereksiz" ya da "demode" ilan edilecek. İkincisi, Arbesman bilimsel/tıbbi/toplumsal bilgilerin ne kadar süre yaşadığını ölçmüş. Kırk beş sene! Her bilginin ortalama kırk beş sene ömrü var. Sonra başlıyor tavsamaya, yıpranmaya, hatta yalanlanmaya. Yani kuvvetle muhtemeldir ki bugün bir uzman doktorun herhangi bir hastalığı tedavi etme yöntemi bundan yarım asır sonra bir başka doktor tarafından kullanılmayacak. Zira yanlış veya yetersiz bulunacak. Kanser hakkında yazılan makaleler, kalp hastalıklarında öne sürülen tedaviler, hangi ilacın ne tür yan etkilere yol açtığına dair fikirlerimiz... Hepsinin bir ömrü var.

Öyleyse ne yapmalı? Acaba hiç mi zahmet etmesek okuyalım, öğrenelim diye? Mademki her şey gibi bilgi de eskimekte... İşte bu noktada yazar, "Tam tersine, daha fazla öğrenelim" diyor. Ama öğrenirken mütevazı olalım. Kendinden aşırı emin insanlar, bilginin değişken tabiatını kavrayamıyorlar. Her canlı gibi fikirlerin de bir "son kullanma tarihi" varsa, bu dünyada dogmatik olmak, fanatik olmak, bir şeye sorgusuz sualsiz inanmak nasıl mümkün? Afrika kökenli bir atasözü var, çok sevdiğim. "Ne vakit yaşlı bir insan ölse, bir kütüphane yanmış sayılır." Peki bunun tersi olursa nasıl anlatmalı yaşanan kaybı? Ne vakit bir kütüphane yansa, ne vakit bir okul yakılsa, binlerce çocuğun ve gencin umudu, geleceği kararmış sayılır. Türkiye'nin doğusunda okullar yakıldı. Bilgi ağacını kökünden kesip atmak, orada hiçbir meyvenin, çiçeğin yeşermesine izin vermemek nasıl bir tahammülsüzlük? Buna akıl sır ermiyor. Üstelik Türkiye'de okullar yakılırken dünyanın gelişmiş ülkelerinde eğitim de, bilgi de, teknoloji de katlanarak ilerliyor. Okula gidemeyen Kürt çocukları ile bilgisayar laboratuvarlarından çıkmayan Alman, İskandinav veya Amerikalı çocuklar arasındaki fark yürek burkuyor. İster tıpta olsun ister bilimde, ister siyasette olsun ister sanatta... Dogmasız günler dileğiyle...

İnsan değişir mi?

Sizce insan değişir mi? Hakikaten ve büsbütün bir değişim mümkün mü biz faniler için? Yoksa yedisinde ne isek yetmişinde de o muyuz aslında? Hani soğan katmanları gibi bizi sarıp sarmalayan tüm o paye ve kisveleri çekip alırsak aradan, dönersek öze, özümüze; çocukken taşıdığımız yürek ile ellisinde/sekseninde taşıdığımız yürek aynı mıdır acaba?

Bazen bakıyorum bir ilkokul fotoğrafıma. Orada gördüğüm içedönük, arızalı ve asosyal ama had safhada gözlemci, hayal ve hikâyeperest kız çocuğu ile bugünkü halim arasında pek bir fark yakalayamıyorum doğrusu. "Hiç mi değişmedim?" diye soruyorum kendi kendime. Derken bir başka fotoğraf geçiyor elime ya da seneler evvel karaladığım birkaç satır, "Meğer ne kadar değişmişim" diyorum; fikren, ruhen ve zihnen.

İskender romanını yazarken ücra bir köyde, hiç evlenmemiş bir Kürt ebe kadın tahayyül ettim. Onun gözünden baktım cümle âleme. Dünyaya getirdiği her bebeği tek tek muhakkak seven ama aralarında kiminin hırsız, kiminin katil, kiminin zorba olacağını da bilen, sezen bir kadın...

Doğuştan fıtratımızla beraber mi geliyoruz sizce? Yoksa her can, her kalp bir "tabula rasa", boş ve beyaz bir kâğıt mı üzerine her nevi düşüncenin yazılabileceği? Kimimiz küfür yazıyoruz o kâğıda, kimimiz şiir şu hayatta. Ve değişiyoruz yol boyu. Hem de nasıl, hem de ne çok.

Küfürden şiire yükselebilen fazla yok ama imkânsız değil. Tersi de var elbette, şiirsellikten küfürselliğe geçiş yapanlar da mevcut ne yazık ki.

Peki bireyler gençlikten yaşlılığa bu kadar değişiyorlar da, toplumlar değişmez mi? İbn-i Haldun, ruhu şad olsun, Doğu topraklarından çıkma en önemli sosyolog, tarihçi ve filozoflardan biriydi. Analizleri ve kullandığı kavramlar hâlâ konuşulmakta, tartışılmakta. Ona göre cemiyet ve cemaatler, tıpkı bireyler gibi, gençlik, olgunluk ve yaşlılık evrelerinden geçmekteydi.

Cumhuriyetimizin ilk senelerini bir bakıma "bebeklik evresi" olarak alırsak şimdi hangi dönemeçteyiz? Kısmen Doğulu, kısmen Batılı olan zaman ve takvim ölçümümüze göre acaba kaç yaşındayız? Olgunlaşmaya başladığımızı söylemek kabil mi?

İshak Alaton vefat etmeden önce önemli bir söyleşi vermişti. Her zaman keyif ve merakla okurdum onun fikirlerini, saptamalarını. Söyledikleri hem hazin, hem umut vericiydi: "Menderes asılırken hiçbirimiz sokağa çıkıp da itiraz etmedik. Karar alındı, hepimiz biliyoruz ki ertesi gün asılacak. Hiç kimse sokağa çıkıp da en ufak bir patırtı, gürültü yapmadı, itiraz etmedi, pankart açmadı."

Alaton bugün farklı olduğumuzu da söylüyordu. "Benzer bir şey olsa herkes yürür. Tepkisini ortaya koyar. Bu son on yılın değişimi, hele hele güneydoğudaki bir türlü bitmeyen savaşı bitirme yolundaki açık tartışmalar, açık tavır almalar; menfi de olsa olur, müspet de... Bütün bu açıklık, şeffaflık, özgürlük... Bu muhteşem bir şey. Biz bunu yeni yaşıyoruz."

Ve ekliyordu ardından, babacan ve sevecen bir nasihat verircesine hepimize: "Yine de gerektiği kadar özgür değiliz."

Türk edebiyatında en sevdiğim romanlardan biri Kemal Tahir'in kaleme aldığı *Kurt Kanunu*'dur. Bireyin, toplumsal hezeyanlar ve korkular doludizgin sürerken yaşadığı yalnızlık ve çaresizlik orada derinlemesine anlatılır.

Bir an için gelin kendimizi ışınlayalım. Osmanlı'nın son dönemine, 1920-30'ların, 40-50'lerin Türkiye'sine, Avrupa'sına, dünyasına gidelim. Siz nasıl bir insan olurdunuz o dönem yaşasaydınız? İkinci Dünya Savaşı'na karşı çıkar mıydınız mesela, yoksa savaştan ganimetlenmek mi isterdiniz? 6-7 Eylül Olayları yaşanırken azınlık komşularınıza sahip çıkar mıydınız? Yoksa kapıları, perdeleri kapatıp, "Bana dokunmayan yılan bin yaşasın" mı derdiniz?

Değişti mi bu toplum? 1900'lerin ilk yarısıyla kıyaslarsak daha ileri, demokratik, açık fikirli miyiz sizce? "Evet" demek istiyor gönlüm. Lakin dilim ve mantığım tereddüt ediyor. Korkularımız, önyargılarımız, kutuplaşmalarımız, uzaktan damgalamalarımız, bizim gibi düşünmeyenleri duymaya dahi tahammül edemeyişimiz ne yazık ki o kadar da değişmedi seneler içinde.

Ya henüz demokrat değiliz ya da hâlâ toplumca çoook mu çok genciz.

Babalar ve toplumsal değişim

Osmanlı'nın son demleri ve Cumhuriyet'in erken döneminden itibaren memleketimizin bol türbülanslı yakın tarihini biraz da "babalar ve oğullar" modeli üzerinden okumak lazım.

Edebiyat ve akademi dünyamızın en donanımlı isimlerinden biridir Profesör Jale Parla. *Babalar ve Oğullar* kitabında Tanzimat romanının epistemolojik temellerini irdeler. Bir edebi tür olarak romanın nasıl geliştiğini, Batılılaşma süreciyle nasıl örtüştüğünü anlatır. Babalar ve oğullar arasında varoluşsal bir uçurum ya da felsefi çatışma görmez. Daha ziyade süreklilik saptar. İlk romancılarımızın "kaybedilmiş bir baba" arayışı içinde olduklarını ifade eder. Zira 19. yüzyıl sonunda imparatorluk artık değişmekte, sistem değişime yetmemektedir. Padişah eski gücüne sahip değildir. Kültürel elit içinde pek çok yazar ve gazeteci kendilerini adeta yetim olarak algılar. Bu sefer onlar okurlarına babalık etmeye başlar.

Jale Parla'nın analizi çarpıcı, düşündürücüdür. Ve kanımca salt Tanzimat romanıyla sınırlı değildir. Bugüne kadar alttan alta devam eden bir eğilimi burada yakalamak mümkün. Hemen her alanda hep "baba" arayışı içinde değil miyiz? Uzun seneler boyunca Türk ordusunun bu ülkede demokrasinin ve laikliğin yegâne koruyucusu olduğuna inandık. Orduyu bir "baba figürü"yle özdeşleştirdik. Bizi koruyan, kollayan, otoriter, mesafeli, yaramazlık yaptığımızda cezalandıran, gözü üzerimizde bir hayali baba algısı yarattık ve buna inandık.

O günlerden geldik bugünlere. Futbol (ve genelde sporun her dalı) tartışmalarına bakıyorum. Başarılı bir antrenör anında "futbolun ve futbolcunun babası" olarak görülüyor. Taraftara babalık etmesi bekleniyor. Futbolcularına hoca değil, baba olması isteniyor. Gerektiğinde sevsin, takdir etsin başarılarını; gerektiğinde kulaklarını çeksin. Kendiliğinden bir mutlak otorite, ataerkil paye ve kapanmayan bir mesafe yerleştiriyoruz. Roller biçiyoruz insanlara. Onlar istese de istemese de.

Yazılı basını da böyle algılamadık mı senelerce? Hemen her gazetenin bir babası oldu. Bu kimi zaman bir editör, kimi zaman bir köşe yazarı lakin hemen her zaman bir erkek olageldi. Edebiyatta da baba romancılar aramadık mı? Hikâyeler aracılığıyla biz okurlarına (oğullarına) doğruyu ve yanlışı tane tane anlatan, dolayısıyla karakterler değil tiplemeler yaratan yazarlar. Erkek, belli bir yaşın üzerinde, mümkünse sakallı, o da olmadı görünüşü ağır oturaklı, romancı dediğin böyle olmalı. Sinemada da zuhur etti benzer bir hal. Seyircilerini aydınlatan, onlara tepeden ve öteden bakan yönetmenler çıktı hem muhafazakâr camiadan, hem sol kulvardan. Sanatın misyonunu, seyirciye "doğruyu öğretmek" olarak algılayan.

Siyasi parti liderlerini de baba olarak görmüyor muyuz peki? Sosyal demokratlar, muhafazakârlar, Türk ve Kürt milliyetçileri birbirinden acaba ne kadar farklı bu konuda? Her parti lideri, aileyi elinden tutup yönlendirecek bir baba olarak algılanmıyor mu? Kadın siyasetçiler zaten yok denecek kadar az. 1934'te seçme ve seçilme hakkımızın 78. yıldönümünü kutladık ama kadınlar hâlâ siyasette eşit yerde değil. Şayet yükselip camdan tavanları kat edebilirlerse, onlardan bu modelle katiyen çelişmemelerini bekliyoruz. Mümkün mertebe az kadınsı olsunlar. "Baba siyasetçiler" görmek istiyoruz kürsülerde. İktidar da, muhalefet de etkileniyor bu kalıptan. Türkler de, Kürtler de; Sünniler de, Aleviler de aynı düşünce iklimini solumuyor mu?

Halbuki hakiki, sağlam demokrasiler güçlü, dinamik, çoksesli sivil toplumlarla beraber büyüyor. Demokrasilerin garantisi basın özgürlüğü, ifade özgürlüğü, bir arada yaşama kültürü, güçler ayrılığı, oturmuş bir hukuk sistemi, eşitlikçi bir anayasa, "öteki"ne saygı ve empati, farklılıklardan uyum yaratabilme becerisi. Bunlar olmazsa nereye kadar ilerleyebiliriz? Biz kadınları dışlamayan bir siyaset modeli, muhalefet kültürü, spor anlayışı, hasıl-ı kelam baba arayışının hâkim olmadığı bir sosyal alan yok mu?

Savaşsız bir dünya

İnanması zor geliyor ama insanlık tarihi, fiziksel ve sözel şiddetin yüzyıllar içinde arttığını değil, büyük ölçüde azaldığını gösteriyor. En azından Harvard kökenli akademisyen, Psikolog Steven Pinker'a göre böyle.

Pinker'ın çizdiği "ilerlemeci" tabloyu duymaya ihtiyacımız var. Bilhassa terör saldırılarının arttığı, azıcık vicdanı ve duyarlılığı olan herkesin üzüntü ve çaresizlik içinde barış çözümleri aradığı şu günlerde.

Mademki Türkiye, bu can ve canan memleket, Kürt ve Türk aşırı milliyetçiliklerinin kavşağında tıkanmış bir halde duruyor, mademki her geçen gün yeni bir şiddet haberi geliyor, dünyanın geri kalanında şiddetin izlediği seyir üzerine yazmak istedim.

* * *

Pinker'a göre, tek tek ülkelere ya da coğrafi bölgelere baktığımızda gördüğümüz karanlık tablolar moralimizi bozabilir. Ama daha geniş bir açıdan insanlığın hikâyesine, yani resmin bütününe odaklandığımızda savaş temelli ölümlerde, aile içi şiddet istatistiklerinde, ırkçılık, zenofobi, cinayet ve tecavüz vakalarında önemli bir düşüş var.

Bunu bir anlamda sessiz bir devrim olarak nitelendiriyor. Takdir edilmemiş bir devrim. Her şeye rağmen insanlığın, geçmişin hatalarından ders çıkarabileceğine, uyum ve barış içinde yaşamayı tercih ettiğine dair bir umut ışığı yakıyor zihinlerimizde.

Peki nasıl ölçülüyor bu veriler? Savaşlarda, katliamlarda, soykırımlarda ve kıyımlarda ölen insan sayısını yüzyıllara göre değerlendirerek. Böyle bakınca sadece ortaçağ ile postmodern toplumlar arasında değil, 1942 ile 2018 arasında bile derin bir fark var.

"1940'larda 20'den az demokratik ülke vardı" diyor Pinker. Bugün bu sayı 100'e yaklaşmış durumda. Ve demokrasiden daha iyi bir alternatif olmadığında üç aşağı beş yukarı tüm dünya hemfikir. Avrupa ve Amerika cinayet ortalamasına da bakıyor Pinker.

Eskiden 100.000'de 100 olan oran, bugün 100.000'de 1'e düşmüş. Keza savaş, muharebe ve çatışmalarda ölen insan ortalaması geçtiğimiz yüzyıl yarısında 10.000, bugün ise 1.000.

Pinker'ın çalışmasının belki de en ilginç özelliği, "azalan şiddet" ile "artan IQ" arasında doğrudan ilişki kurması. Yani bireylerin zekâ ve algı seviyesi yükseldikçe şiddete olan eğilimlerinin azaldığını iddia ediyor!

Zira şiddet, silah ve intikam daha ilkel dürtülerden beslenirken, çözüm yolları arayışı zekânın karmaşık ve soyut bir şekilde kullanılmasını gerektiriyor. Tam da bu noktada umutlu bir varsayım atıyor ortaya: "İnsanlığın IQ ortalaması muazzam bir artış göstermiş durumda."

* * *

Bugünkü genç neslin IQ ortalamasına, geçtiğimiz yüzyılda "dâhi" gözüyle bakılabilirdi. "Zekâmız yükseldikçe şiddete daha az ilgi ve ihtiyaç duyacağız" diyor.

Bir yandan tarihçiler/psikologlar bize şiddetin azaldığını söylüyor. Öte yandan Amnesty International ve Save the Children gibi sınır tanımayan uluslararası örgütler alarm çanları çalıyorlar. Her iki örgüt de Suriye'de yıllardır devam eden iç savaşın siviller üzerindeki etkileriyle ilgili çarpıcı açıklamalar yapmışlardı.

Konuştukları çocukların hepsi ailelerinden en az bir kişiyi çatışmalarda kaybetmiş. Kimisi işkence görmüş, kimisi işkenceye tanık olmuş. BM Elçisi Lakhdar Brahimi durumun kötü olduğunu ve giderek kötüleştiğini söylüyordu.

Suriye, İran, Libya... Terör saldırıları, savaşlar, iç savaşlar... Böyle bir dünyada nasıl teselli bulalım akademisyenlerin çizdiği tablolarla?

Masal bu ya...

Yürüdü kadın. Bir an tökezledi, irkildi. Karnındaki bebek tekme attı yeniden. Bilircesine, görürcesine bu dünyanın ne menem bir şey olduğunu. Doğmak istemezcesine. Bir eli karnında, bir eli kesik başı saçlarından tutarak geldi dikildi genç kadın kahvehanenin önüne...

Sabahtı. Havada ılık bir esinti, belli belirsiz ıtır kokusu vardı. Yaz mevsiminin son demleri, mevsim gelmiş dayanmış eşiğe. Ha düştü ha düşecek taçyaprakları. Sonbaharın ayak sesleri.

Kahveci çırağı Hasan zıpladı yatağından. Yapacak ne çok iş vardı. Mütebessim göz attı yerde uyuyan kardeşlerine. Onlar okusun istiyordu. Tüm çabası bundan. Yüzünü yıkayıp kurulandı. Liseden terktі; tek ekmek kapısıydı bu. Bir solukta ediverdi kahvaltısını. Arkasından kovalayan varmışçasına. Fırladı evden. Ne de olsa kahvehaneyi açmak, müşteriler gelmeden her şeyi hazır etmek onun vazifesiydi.

Süpürdü yerleri, bir güzel demledi çayı. Akşamdan kalma birkaç kül tablası fark etti, nasıl olduysa gözden kaçmış. Boşalttı küllükleri, ortalığı havalandırdı. Çok geçmeden ilk müşteriler damlamaya başladı. "Selamünaleyküm" diye seslendi kapıdan içeri her giren. Alışkanlıklar ve tanıdık simalar mekânıydı burası.

Ocakta fokurdayan çaydanlık, arka gözdeki bakır cezvede usulca yükselen kahvenin köpüğü, gazete sayfalarının hışırtısı. Kimsenin acelesi yoktu. Acelesi olanın burada işi yoktu. Çaylar tazelendi. Kenarda açık duran televizyondan gülümsedi sunucu hanım; dişleri bembeyaz, elbisesi ipekten.

Hava güzel diye müşterilerin yarısı kahvehane önündeki hasır taburelerde oturmaktaydı. Cam bardaklarda raks eden çay kaşıklarının sesi, tavla zarlarının sesine karışmaktaydı. Yaşlısı genci, şişmanı zayıfı, herkesin erkek olduğu bir mekândı burası. Burada çalışmaya başlayalı, daha bir tek kadının kapıdan içeri girdiğini görmemişti Hasan. Değil eşikten adımını atmak, yakınından dahi geçmezdi buranın kadın kısmı. Yolu uzatma pahasına üst sokaktan giderlerdi. O yüzden işte, o yüzden, hayretle bakıverdi Hasan yaklaşmakta olan siluete.

Bir kadın geliyordu uzaktan. Adımları hızlı, omuzları sert. Tuhaf bir hal vardı yürüyüşünde, dümdüz gelişinde. Bilemedi Hasan ne olduğunu. Lakin alamadı gözlerini bu esrarengiz misafirden. Bıraktı çayları bir masaya, omzunda havlu, çıktı dışarı; eliyle güneşi kesip, baktı yeniden karaltıya. Ancak o zaman fark etti yaklaşan kadının elinde bir şey taşıdığını ve bluzunun kan içinde olduğunu. Hasan bir adım attı öne ve kalakaldı öylece. Çıkmadı sesi. Kadının kucağında kanlı bir paket gibi taşıdığı şeyin ne olduğunu anlamıştı.

"Ne oluya lan? Hayalet mi gördün?" diye takıldı kenardan, delikanlının betinin benzinin attığını fark eden bir müşteri. Baktı ki cevap gelmiyor, o da çevirdi gözlerini aynı noktaya. Peş peşe ayağa kalkmaya başladı müşteriler. Hepsinin yüzünde aynı ifade.

Yürüdü kadın. Bir an tökezledi, irkildi. Karnındaki bebek tekme attı yeniden. Bilircesine, görürcesine bu dünyanın ne menem bir şey olduğunu. Doğmak istemezcesine. Bir eli karnında, bir eli kesik başı saçlarından tutarak geldi dikildi genç kadın kahvehanenin önüne. Fırlattı elindeki kafayı. Kadınların geçmediği sınırı geçti. Gözlerinde bir deli ışık, çakmak çakmak. Bakışlarıyla taradı karşısındaki erkekleri...

Hasan'a gelince durdu bir an. Delikanlının fal taşı gibi açılmış gözleriyle kadının yorgun bakışları kesişti. O gözlerde hüzün gördü Hasan, öfke gördü, delilik gördü ve hiç beklemediği bir huzur ve kabulleniş gördü. Ürperdi. Yerde yatan, toprağa bulanan kesik başa bakamadı. Tanımıştı çünkü. Anlamıştı kim olduğunu.

"Arkamdan konuşmayın artık" dedi kadın. "Namusumu temizledim. Dedikodumu yapmayın gayrı."

Ve sonra döndü arkasını, yürüdü. Teslim olmaya gitti.

Kahvehaneye derin bir sessizlik çöktü. Ne bir tavla zarı, ne bir kuru öksürük. Dünya tersine döndü. Gayriihtiyari koşmaya başladı Hasan, giden kadının ardından. "Bacıııım" diye bağırdı. "Bacım, bekle!"

Durdu kadın. Bekledi. Nefes nefese yetişti Hasan. Bir şey söylemek istedi. Bir teselli, bir umut kırıntısı, tek bir kelime dahi olsun, verebilmek istedi. Bir yumru oturdu boğazına. Bilemedi ki ne desin. Konuşamadı. Ağlamaya başladı.

Yüzünü çevirdi kadın, görmesin diye onun da ağladığını. Yürümeye başladı tekrar, yürüdü bir başına.

Guguk Kuşu'nu hatırlarken...

Sene 1962. Amerika'nın California eyaletinde bir roman yayımlanır, Ken Kesey imzalı. Hikâye, yazarın zaman zaman gidip çalıştığı, hatta bazı ilaçların (ve uyuşturucuların – ne de olsa 60'lı yıllar) denenmesinde gönüllü olarak "kobaylık" yaptığı bir akıl hastanesinde yaşadıklarından, gördüklerinden etkilenerek kaleme alınmıştır.

Roman çıkar çıkmaz dönemin gençliği tarafından coşkuyla karşılanır. Yazarı ise adeta kahramanlaştırılır. Aradan yedi sene geçer. Kitaptan esinlenilerek çekilen film gösterime girer. Milos Forman'ın kamerasından unutulmaz bir şaheser. Tüm dünyada izlenme rekorları kıracak, dokuz dalda Oscar'a aday gösterilecek, üst üste birçok ülkede sinema tarihinin kült eserleri arasında sayılacaktır. Nam-ı diğer *Guguk Kuşu*.

İzleyip de unutabilen var mı? Jack Nicholson'a hayranlık beslemeyen var mı? Bu filmi ilk seyrettiğimde üniversitedeydim, sanıyorum ilk dönemler. Sinema kulübünde bir özel gösterimdi. Hani fırsat olsa elimizde, geçeceğiz ekranın öte yanına, varacağız Amerika'daki o akıl hastanesine, farklılıkları törpüleyen, "hastalar"ı ezen, kendi haklılığına sonuna kadar inanan, buyurgan ve tahammülsüz ve otoriter Hemşire Ratched tiplemesine karşı topluca direnişe geçeceğiz. Öylesine coşkuyla, aşkla izlemiştik yıllar yıllar evvel.

İçinde yaşadığımız yüzyılın en heyecan verici gelişmelerinden biri nörobilim alanında sürdürülen birbirinden ilginç çalışmalar. 2000'de tıp alanında Nobel Ödülü'nü kazanan Eric Kandel konuşmasında, geçtiğimiz yüzyılın gen biliminde çığır açtığını, bu yüzyılın ise beyne doğru yelken açacağını ima etmişti. Kehaneti doğru çıkacağa benziyor. Beyin hâlâ bir muamma olsa da, bundan böyle en büyük keşfimiz olacak.

Beynimizi anladıkça, nasıl düşündüğünü çözdükçe kendimizi tanıyacağız. Bu öyle bir süreç ki dinleri de ilgilendiriyor, felsefeyi de; bilim ve tıp dünyasını da ilgilendiriyor, biz edebiyatçıları da.

Beyni anlamaya çalışırken en aklı başında, en birikimli insanların bile ne vahim hatalar yapabileceklerine verilebilecek en çarpıcı örnek gene lobotomi olsa gerek. "Lobo" eski Yunanca beyin, "tome" ise kesmek/biçmek kelimelerinden türetilmiş. Beynin "sorunlu" bölümünün (prefrontal korteks) "kesilerek", sert ve sivri bir cisimle müdahale edilerek hastaların iyileştirileceğini iddia eden "mucizevi tedavi".

1949'da bu yöntemi geliştiren Portekizli doktor Egas Moniz'in Nobel Ödülü'ne layık görüldüğüne inanmak ne kadar zor geliyor bugün.

Moniz bu yöntemi 1930'larda Lizbon'da bir akıl hastanesinde sistematik olarak uygulamış, başarılı olduğuna kanaat getirmişti. Amacı frontal lob ile beynin geri kalanı arasındaki bağlantıyı kesmekti. Böylece "problem" ortadan kalkacak, hasta normalleşecek; normalleşmese bile sakinleşecekti. Toplam beş dakika sürüyordu işlem, etkisi ise bir ömür boyu. Yöntem hızla tüm dünyaya yayıldı.

Lobotomi uygulanan hastalardan bir kısmı hayatını yitirdi, geri kalanlar ise kişiliğini. Çoğu bir daha düzelmeyecek şekilde "pasifleştirildi". Tepkisiz, duygusuz, yüzleri duvardan, bakışları boşluktan ibaret bitki-insanlara dönüştüler. 1951'de sırf Amerika'da yirmi bin kişiye uygulandı bu yöntem. Aralarında Başkan Kennedy'nin kız kardeşi Rosemary Kennedy de vardı. Konuşkan, meraklı, cıvıl cıvıl bir genç kız iken uygulamadan sonra o kadar fenalaştı ki hastaneye kapatılması gerekti. (Kennedy ailesinin, evlatlarını böyle bir uygulamaya mecbur tuttukları için derin pişmanlık duydukları söylenir.)

1950'lerin ortalarından itibaren lobotomi terk edildi. Birdenbire değil, peyderpey. Yönteme yönelik en sert eleştiriler Sovyetler Birliği'nden geldi ilk başlarda. Sonra katlanarak arttı tepkiler. İnanması zor olan, hastaların uygulamadan ne kadar zarar gördüğü gün gibi ortada iken bile yöntemin işe yaradığını düşünen doktor ve akademisyenlerin çıkması. İnanması zor olan, bunu yapanların gayet akılcı, donanımlı ve muhtemelen iyi niyetli insanlar olması.

İlgi duyanlar varsa, BBC bu konuda müthiş bir belgesel hazırlamıştı. İngiltere'de üzerinde lobotomi uygulanan "sıradan" insanlarla söyleşiler yaparak. Konuşanlardan biri de doğum sonrası depresyon geçiren bir ev kadını. Doktorunun tavsiyesi üzerine lobotomi uygulanıyor, sonuç başarısız olunca ikinci kez lobotomiye götürülüyor.

İzlerken düşünmeden edemedim. Bizde, tarihimizde, akıl hastanelerinin geçirdiği serüvenler üzerine benzer belgeseller yapılsa keşke. "Osmanlı'da her şey Batı'dan çok daha ileriydi, ne kadar temiz ve iyiydi" yaklaşımının ötesine geçebilen, kendini sorgulayabilen, özeleştiriden korkmayan araştırmalara, her alanda olduğu gibi burada da ihtiyacımız var!

İdam cezası

Orhan Veli'nin çok sevdiğim bir şiiri var. "Her şey birdenbire oldu" diye seslenir, 1950 senesinde yitirdiğimiz şair. "Birdenbire vurdu gün ışığı yere. Gökyüzü birdenbire oldu. Mavi birdenbire." Bir solukluk mola verir okuruna, devam eder ardından.: "Her şey birdenbire oldu. Birdenbire tütmeye başladı duman topraktan. Filiz birdenbire oldu, tomurcuk birdenbire. Yemiş birdenbire oldu."

Aşkı ve aşkın kestirilemezliğini, öngörülemezliğini, aniliğini anlatır. Zaman mefhumunun beyhudeliğini de. Müthiştir bu dizeler, üstadın nice seslenişi gibi. Lakin bu aralar bambaşka bir bağlamda zihnime üşüşüyor Orhan Veli'nin kelimeleri. Çünkü Türkiye'de hemen her şey ama bilhassa sıcak siyaset, hep ama hep "birdenbire" oluyor!

* * *

Aniden kürtajı tartışmaya başlamıştık. Bir gün önce gündemimizde yoktu, bir gün sonra başka bir şey konuşmaz olduk. Yerel, bölgesel ve ulusal siyasetçilerden üst üste bu konuda yorumlar duyduk, gazetelerde yeni yasal düzenlemelere dair ihtimaller okuduk, televizyon ekranlarından münazara bombardımanına tutulduk; konuştuk, evhamlandık, yoruldunk.

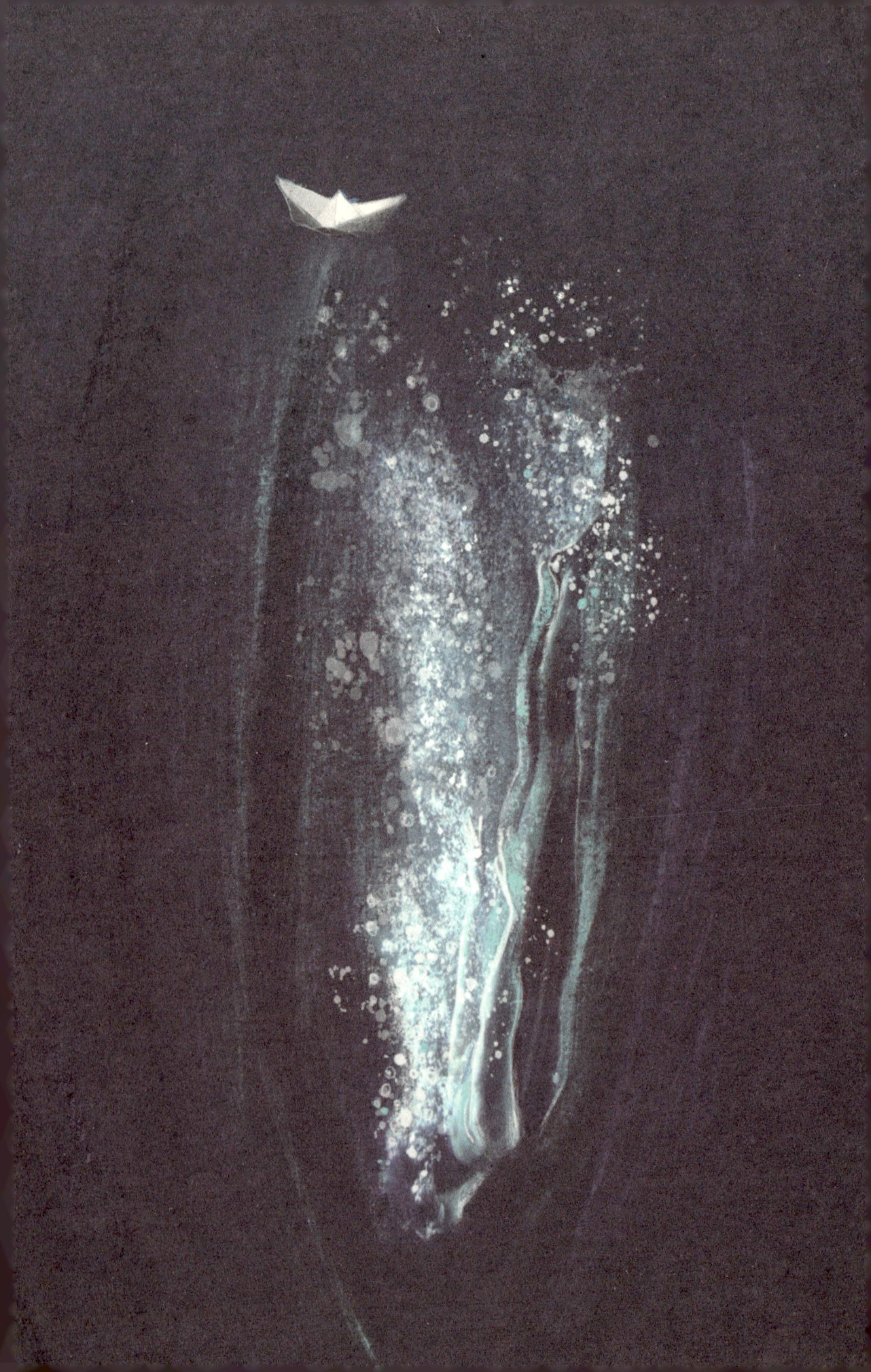

"Neden, nasıl, şimdi, durup dururken, ama niye?.." Neyse ki ileri gidilmedi bu hususta. Aile içi şiddet ve kadına yönelik ayrımcılık açısından karnesi zaten kırık olan bir ülkede kürtajı tamamen yasaklamak suretiyle kadınlar daha da mağdur edilmedi neyse ki. Birdenbire kayboldu tartışma, gündemden düştü, geldiği gibi ansızın gidiverdi. Bizler, kamuoyunun çeşitli noktacıklarında ikamet eden bireyler, kafamızı kaşıdık, yarı şaşkın, yarı tedirgin.

Derken aynı kalıp zuhur etti. Birdenbire idam cezasını konuşmaya başladık. Bu da aynı şekilde ani oldu. Burada da içerik bir kenara bırakıldı, konunun neden gündeme geldiği daha çok tartışıldı. Yani meseleden ziyade arka planı. Gene köşe yazarları olası senaryolar üretti, gene televizyon ekranlarından yorumlar yorumları kovaladı, gene esnafından bürokratına milyonlarca birey durumu anlamaya çalıştı. Ve gene aynı sorular dilimizin ucunda düğümlendi:

"Neden, nasıl, şimdi, durup dururken, ama niye?.."

Türkiye'de gazeteciler, akademisyenler, sanatçılar, avukatlar, mühendisler, doktorlar, işadamları/işkadınları... Tesadüfen bir araya geldiklerinde hep bu "birdenbire"leri yorumlamaktalar. Türkiye'de entelektüel olmak demek, biraz da "birdenbire"lerin tarihsel ve makro analizini yapabilmek demek.

Beni kaygılandıran tam da siyasi hayatımızdaki bu zincirleme, kuşaklardır devam eden "birdenbire"ler. Seçim öncesi partiler arası bir pazarlık için yahut birilerine gözdağı vermek amacıyla veya şu ya da bu sebepten, fark etmez, aniden ortaya çıkan ve sivil toplumda tam olarak anlaşılmadan, çoğulcu bir yapı içinde konuşulmadan gündemi kaplayan siyaset maddelerinin hepimizi yıprattığını düşünüyorum. Zira insanlarda yarınlara dair güvensizlik ve tedirginlik artıyor.

Kamuoyunda, “Biz oturmuş, olgun bir demokrasi değiliz, her an her şeyin değişebileceği, temeli sağlam olmayan bir sistemiz” inancını pekiştiriyor. İçeride ve dışarıda. Yurtdışındaki Türkiye algısı da bu yöne kayıyor.

* * *

İdam cezasını kaldırdı bu memleket. Gencecik insanları asabilmek için yaşlarını büyüten bir ülke idik, AB üyeliği ve daha ileri bir demokrasi yönünde adım atarak kaldırdık bu ilkel ve özünde intikamcılığa dayalı cezayı. Elbette öyle suçlular var ki ağır cezalar almalarını vicdanı olan herkes ister. Ama adaleti sağlamanın yolu, idamı geri getirmekten geçmiyor.

“Birdenbire” maddeleri tartışarak geriye gitmek değil; çoğulcu ve demokratik bir anayasa yapabilmek, hukuk sistemimizi daha verimli ve etkili bir şekilde reforme etmek, AB sürecinden vazgeçmemek, sivil topluma kıymet vermek, fikir ve basın özgürlüğüne inanmak ve en nihayetinde barış içinde ilerlemek değil mi bu ülkenin esas ihtiyacı?

İki kadın

Anlatacaklarım tamamen kurgusal... Ama her kurgu gibi bu da gerçek hayattan izler taşımakta. İki kadın var gözümün önünde. Aşağı yukarı aynı yaşlardalar. Diyelim ki biri kot pantolon giyiyor, üzerinde rahat bir tişört; omuzlarına bırakmış kumral saçlarını. Diyelim ki ötekinin üzerinde uzunca bir elbise var, kenarları çiçekli; siyah saçlarını atkuyruğu yapmış.

Kıyafetlerin hiçbir ehemmiyeti yok. Karşı kaldırımlardan bakıyorlar birbirlerine; saklamaya gerek duymadıkları bir hınç, hatta nefretle; katı çehreler, soğuk gözlerle. Aralarında koskoca uçurum, fersah fersah mesafe. İki zıt idrak, başka dünyalardan gelmekteler. İkisi de bu memleketin vatandaşları oldukları halde.

Kadınlardan pantolon giyenin elinde bir pankart var. Kendisi hazırlamış bir gece evvel. Herkes uyuduktan sonra, tek başına oturup mutfak masasında, keçeli kalemlerle üzerinden geçmiş önceden yazdığı harflerin: "Şiddete hayır!"

Sabah erkenden kalkmış gelmiş. Bu davanın seyrinin tüm ülkeyi ilgilendirmesi gerektiğine inandığından burada. Şimdi diğer kadından gözlerini ayırmadan sıkıca tutuyor pankartını. Yanı başındaki arkadaşını dürtüyor usulca: "Şuna bak, hiç mi sızlamıyor vicdanı. Geçmiş oradan, bize laf atıyor."

Bu arada diğer kaldırımdaki elbiseli kadın, dişlerini sıkarak süzüyor hemcinsini. Onun nazarında hiçbir şey ifade etmiyor pankartta yazılı kelimeler. Düşman gibi görüyor berikini. Yanındaki akrabasına dönüyor bir ara, "Şunlara bak hele, sanki onlara kaldı bu dava. Ne işleri var bu feministlerin burada? Onlar mı tecavüze uğradı?" diyor.

Mahkeme önünde iki kadın. İki apayrı zihniyet. Aralarında kapanmayan ve belki de kapanmayacak bir boşluk.

* * *

Birkaç sene önceydi. Sakarya Kadın Platformu üyeleri çeşitli kadın dernekleri, tüm Türkiye'nin önem verdiği bir davada, taciz ve tecavüze maruz kalan Ö.C.'ye destek olmak amacıyla mahkeme önündeydiler. Bazılarının ellerinde pankartlar vardı; zihinlerinde, cevabını bulmamış sorular. Davada ismi geçen 34 sanığın yakınları da oradaydı ne yazık ki, bunların bir kısmı aktivist kadınlara sözlü sataşmalarda bulundular. Sataşanlar arasında kadınlar da vardı. Tecavüz sanıklarının ablaları, kız kardeşleri, kızları, anneleri, belki de eşleri... Bu kadınların elbette hepsi değil ama düşündürücü bir kesimi otomatik olarak sanıkların tarafını tutarak, onları haklı çıkarmak uğruna mağduru karalamakta beis görmüyordu. Keza mağdurdan yana tavır alanlara tepki gösteriyordu: "Rızasıyla olmuş, size ne oluyor ki?"

Rızasıyla olmuş dedikleri kız çocuğu henüz 14 yaşında! Yetişkinliğe geçmemiş daha. Beri tarafta 34 kişi. En ufak bir dedikodunun bile kadınların hayatını karartmaya yettiği, durmadan namus cinayetlerinin işlendiği, "erkeğin elinin kiri, kadının namusu" gibi adaletsiz bir ayrımın hâlâ geçerli addedildiği bir toplumda Ö.C.'nin yaşadıklarını tasavvur edebiliyorlar mı acaba?

Uğradığı haksızlığı dile getirirken bile, mağdur değil, suçlu gibi gösterilmekte. Duruşmaya gelmedi, ancak anne ve babası oradaydı. Kadın derneklerine sataşanlar muhtemelen onlara da sataştı.

Türkiye'de kadına yönelik şiddet, endişe verici boyutlarda yaşanmakta. Bu hakikati görmemek devekuşu gibi başımızı kuma gömmekten başka işe yaramayacak. O günlerde kadın gazetecilerin imzaladıkları bildiriyi önemli buluyorum. Gönül isterdi ki daha geniş bir formda kadınlar söz ve vicdan birliğine varsın. Her görüşten, her kesimden kadın gazeteci, müzisyen, akademisyen, yazar, mimar, doktor, öğretmen, işkadını, ev kadını bir yürek olsun.

Mağdurların değil suçluların yargılanmasını istiyoruz. Takipçisi olmalıyız bu ve benzeri davaların. Ö.C.'nin yaşadıklarını, "Rızasıyla oldu" diye geçiştirmek ne vicdana sığar, ne insanlığa.

Öte yandan, tecavüz sanıklarının yakını kadınların hikâyeleri de anlatılmalı. Nasıl bir şey tecavüz sanığı bir babanın kızı olmak, böyle bir adamın kız kardeşi, ablası, hatta eşi olmak? Karşıt kaldırımlardaki o iki kadın, bir gün konuşurlar mı dersiniz?

Yasak harfler

Nâzım Hikmet bu toprakların yetiştirdiği en güzide, sahici ve yüreği kafesine sığmayan kalemlerden biridir.

Okursunuz dizelerini, kitabı kapattığınızda kelimelerden tortular kalır zihninizde, yüreğinizde ve vicdanınızda.

Ömrü hayatınızın farklı dönemeçlerinde dönersiniz gençliğinizde sevdalandığınız o şiirlere; her seferinde ilk defa okuyormuşçasına yepyeni bir tat yakalarsınız.

Kulağınızda ritmi yankılanır, bir haykırış ki uzanır hudutlar ötesine, seslenir tüm insanlığa.

Bu arada, şayet isterseniz, fikirlerine zerrece katılmayabilir, hatta şairin politik duruşunu eleştirebilirsiniz. Yahut eşitlik ve adalet arayışını gönlünüze yakın bulur da mesela kendinize "komünist" demezsiniz.

* * *

Bunların hiçbir ehemmiyeti yok. Zaten bütün mesele bu ayrımları yapamadığımız için çıkıyor ya!

Bir şairin şiirlerini, bir romancının romanlarını, bir yönetmenin filmlerini beğenmek için o insanı her şeyiyle kahramanlaştırmak, futbol takımı tutar gibi tutmak gerekmiyor.

İfrat ve tefrit toplumu olduğumuz için bir uçtan bir uca

kolay savruluyoruz. Ya romantik bir beklentiyle seviyoruz sanatçılarımızı ya acımasızca kişiliğine saldırıyoruz. Ama edebiyatta, sanatta bunların yeri yok.

Nâzım Hikmet nasıl hâlâ yasaklı olur? Sene 2018. Kendisini Ortadoğu'ya demokrasi modeli olarak sunan bir Türkiye, dünyanın bu kadar gerisinde mi kalıyor?

1930'ların, 1940'ların, İkinci Dünya Savaşı ve tek parti yıllarının ve her biri bizi çağlar gerisine götüren, farklılıklara tahammülsüzlük ve çoğulcu demokrasiye güvensizlik öğreten askeri darbe dönemlerinin otoriter ruhu havada asılı duruyor; inatçı bir sigara dumanı gibi başımızın üstünde, gri bir katman halinde. Soluyoruz bilmeden.

Öylesine karmaşık, çok katmanlı bir ülke ki Türkiye, senebesene siyasetçiler, üst düzey bürokratlar, işadamları/işkadınları, gazeteciler, yazarlar, Nâzım Hikmet'ten şiirler okur, televizyon ekranlarında ismi takdirle zikredilir; lakin ne hikmetse bir türlü kalkmaz şairin üzerindeki yasak.

Doğan Hızlan yazdığı çarpıcı yazısında şöyle diyordu: "Bizim kuşak, 1950 kuşağı, birçok kitabın yasaklanmasının tanıklığını yaşamıştır. Nâzım'ın kitaplarını fotokopilerden okumuştur."

Tüm dünyada her zaman böyle olmamış mıdır? Yasaklanan kitap, fotokopilerden okunur. Susturulan dize, ezberlemek suretiyle çoğaltılır. Yok edilmek istenen fikir kendiliğinden yayılır.

Bilhassa internet çağında, harfler ve fikirler nasıl yasaklanır?

* * *

Hayal gücünü, şiirleri, hikâyeleri, şarkıları, filmleri, yaratıcılığı yasaklayamazsınız.

Kitaplara bombalar ve silahlarla nasıl aynı muamele yapılabilir?

Fikir işidir sanat; hayal işidir; yürek işidir; aşk işidir.

Bu derya ile politik şiddeti birbirine karıştıramayız.

Artık bu ülkede kitaplar yasaklanmasın. Şairler, yazarlar, karikatüristler, çevirmenler, yayıncılar yargılanmasın; mahkeme kapılarında anlayamadıkları suçlamalar karşısında kendilerini savunmak zorunda kalmasınlar. Özgür olsun kelimeler.

Unuttuk mu yoksa? "Başlangıçta kelime vardı."

Anadilde eğitim hakkı

UNESCO'nun önemle altını çizdiği evrensel bir ilke var. Bir çocuk en iyi anadilinde okuyarak ve yazarak öğrenmeye başlar. 21 Şubat bu gerçeği vurgulamak için Anadilde Eğitim Günü ilan edildi; Doğu-Batı her yerde kutlanmakta.

Aynı zamanda şunu da biliyoruz ki çocuklar birden fazla dil öğrenmeye son derece açıklar. Ve bunu şaşırtıcı bir kabiliyetle yapmaktalar. Yani iki dilli, hatta üç dört dilli yetişebilirler. Tıpkı İngiltere'de Galler bölgesindeki çocuklar gibi. Onlar hem Galce öğreniyorlar, hem İngilizce. Bölgenin en ünlü kadın şairlerinden Gillian Clarke ile yapılan bir söyleşiyi dinliyorum.

Özetle şunu söylüyor: "Benim annem Galce öğrenmemi istemedi; azınlık dili, hayatta zorluk çekerim diye bana mâni oldu. Ben de sonradan kendi çabamla öğrendim. Keşke çocukken öğrenseydim. Bizim çocuklarımız ise bugün iki dilli. Ve dünyaları daha zengin. Bir dili öğrenmek, bir başka dili de öğrenmelerine mâni değil ki."

* * *

Avrupa'da 22 ülkede toplam 458 dil konuşuluyor. Ve bu sayı giderek artmakta. Temel dillerin yanı sıra lehçeler korunuyor, azınlık dilleri önemseniyor. Göçmenler kendi dillerini beraberlerinde getiriyorlar. Böylece hem anadillerini, hem de o ülkenin dilini veya dillerini konuşarak büyüyen yepyeni kuşaklar geliyor.

Sonuç: Çok dilli, çok kültürlü, sanatı, felsefesi, mimarisi, akademisi gelişmiş bir Avrupa. Çok dilli kentsel merkezler, düşünce ve yaratıcılık penahı genelde.

Öte yandan bugün yerkürede 6.000'den fazla dil mevcut. Bunlardan yarıya yakını bu yüzyıl sona ermeden silinmiş olacak. Azınlık dilleriyle beraber kadim kültürler, koskoca bir tarihsel birikim ve insanlığın hikâyeleri de kaybolmakta damla damla.

Kitaplarımın çevrildiği dillere bakıyorum. 48 olmuş. İspanyolcadan Rusçaya, Çinceden İbraniceye her dil var aralarında. Kimi daha yaygın konuşulan, kimi daha dar coğrafyalarda. Lakin bir tek dil yok aralarında: "Kürtçe."

Kendi ülkemde, benimle aynı pasaportu taşıyan vatandaşlarımızın konuştuğu ve beşikten itibaren öğrendiği bir dilde romanlarımı bulamıyorum. Sadece ben değil, Türk edebiyatında kaç romancı, şair, öykü/deneme ustası Kürtçeye çevrilmiş?

Kendini en iyi Kürtçe ifade eden ve bu dilde hayal kuran, rüya gören Mardinli bir ev hanımı herhangi bir kitabımı okumak istese Kürtçesini bulamayacak. O kadar kanıksamışız ki bu durumu, sormuyoruz bile, neden?

* * *

Uluslararası Kültürel Araştırmalar Merkezi'nin, Kürtlerin ağırlıklı olarak yaşadığı merkezlerde yaptığı bir araştırma vardı; önemli buluyorum. Barış sürecini destekleyen bir tablo çıkıyor ortaya. "Kürtler ne istiyor?" sorusu çok soruldu geçtiğimiz dönemlerde, hemen hep olumsuz yargılar ve korkular eşliğinde. Oysa bu araştırma gösteriyordu ki Kürtler eşit vatandaşlık istiyor. Bu yönde cevap verenlerin oranı yüzde 62,8; özerklik isteyenler yüzde 15,1; federasyon isteyenler yüzde 7,8'di.*

Sadece Kürtler değil elbette, Ermeniler, Aleviler, Museviler, Rumlar, Romanlar, eşcinseller, şu veya bu sebepten ötürü kendilerini "azınlık" konumunda bulan herkes ve elbette ki biz kadınlar da eşit vatandaşlık istemiyor muyuz? Özünde bu kadar basit değil mi? Bu kadar temel.

Araştırmalar ve nabız yoklamaları gösteriyor ki en çok önemsenen, dile getirilen talep, anadilde eğitim. Türkiye'de çocukların birden fazla dil konuşarak büyümesi bu ülkeyi geriye götürmez. Kürt çocukları, hem anadilleri olan Kürtçeyi, hem ortak dilimiz olan Türkçeyi, hem dünya dilleri olan İngilizce, Fransızca yahut İspanyolcayı öğrenerek büyüyebilirler. Bu bizi zayıflatmaz. Aksine güçlendirir.

Kendi dilinde şiir okumak, roman yazmak, hayal kurmak, hikâyeler yaratmak... gayet temel ve insani bir talep. Ekmek gibi. Su gibi elzem.

* 2013 yılında yapılan bir araştırma...

Başarılı babaların "başarısız" oğulları

Çok başarılı bir babanın oğlu olmak nimet midir, külfet mi? Büyük bir avantaj mıdır başkalarıyla kıyaslandığında? Yoksa ciddi bir yük müdür omuzlarda? Kendi alanında nice işler kotarmış, övgüler toplamış bir babanın evladı olarak hayata atılanlar acaba önden mi çıkarlar basamakları, üçer beşer, yoksa oflaya poflaya geriden mi gelirler? Dünya edebiyat, sanat, siyaset ve düşünce tarihi öyle çarpıcı örneklerle dolu ki, aklımı kurcalar zaman zaman. John Lennon dendi mi akan sular durur birçoğumuz için. Hangi milletten, hangi kültürden gelirsek gelelim. Lakin onu bir de oğluna sormak gerek belki de. Julian Lennon genç yaşta baba mesleği müziği seçmiş. İngiliz basınına verdiği bir söyleşide alıştığımızdan çok farklı bir John Lennon portresi çizmişti. "Dâhi müzisyen John Lennon" ile "vahim baba John Lennon" arasında kapanmaz bir gedik olduğunu ima etmişti. Julian, bütün çocukluk ve gençlik yıllarının bunun acısıyla geçtiğini, hatta bu yüzden yuva kurmakta geç kaldığını da anlatmıştı: "Ben de aynı hataları yapmak istemiyorum. Bu yüzden hâlâ çocuk sahibi olmadım." Bu söyleşiyi 20'lerinde değil, tam 48 yaşında verdiği düşünülürse...

Modern zamanlara özgü değil elbette meşhur babaların gölgesinde kalan oğulların sessiz çilesi. Fizikçi, gökbilimci, filozof Galileo Galilei'nin gayrimeşru oğlu Vincenzo örneğinde olduğu gibi. Galilei ilk başlarda oğlunun kendi ayak izlerinden gitmesini bekler. Ama Vincenzo inadına, müzik ve şiire yönelir. Onun gönlü sanattadır. Aralarındaki ipler hep gergin, sohbetler hep limonidir. Sık sık fırtına kopar evde, ekseriya maddi konular yüzünden. Ancak ne zaman ki Galilei sırf, "Dünya Güneş'in etrafında dönüyor beyler" dedi diye Kilise tarafından dışlanır, yargılanır, ev hapsine alınır, oğul Vincenzo, her şeyi bir yana bırakıp babasının yanında yer alır. Aralarının yumuşamasını engizisyon tehdidine borçlular. Tabii şu hayatta çok az şey Korkunç İvan'ın oğlu olarak doğmak kadar kötü olabilir. 16. yüzyılda koca Rusya'yı baskıyla inleten İvan, bir tartışma esnasında oğlunun kafasına asasıyla vurup ölümüne sebep olmuştur. Bizim topraklarımızda yaşanmış en düşündürücü baba-oğul hikâyelerinden biri, Tevfik Fikret ile Haluk arasındadır şüphesiz. Ünlü şair-fikir adamının, vatana faydalı olmasını arzu ettiği Haluk kendi yolunu çizerek Hıristiyanlığı seçer, bir daha yurda dönmediği gibi Amerika'da bir papaz olarak hayata gözlerini yumar. Bugün bile ne kadar az şey biliyoruz iç dünyası hakkında. Kültür-akademi hayatımızın çok önemli zihinlerinden/kalemlerinden Talat Halman'ın araştırmalarıyla esrar perdesi biraz olsun kalkmış olsa da...

Talat Halman 1960'lı yılların başında Haluk ile mektuplaşmış, daha sonra bu yazışmaların bir kısmını yayımlamıştı. O notlarda gördüğümüz Haluk duygusal biri, tepkisel ve kırgın bir parça. Babasının fazlasıyla önem verdiği alanlara yönelmemekte ısrar eden, bu yüzden babasını hayal kırıklığına uğrattığını düşünen bir oğlan çocuğunun arayışı, isyanı, her şeyden ve herkesten uzaklaşma ihtiyacı. Bir başka dikkat çekici örnek Franklin Roosevelt ile büyük oğlu

James'in sergüzeşti. Aralarında erken başlar sorunlar, seneler boyu palazlanır. Baba ne kadar girişken ve cevval ise, oğul da o kadar zorluk çeker hayata tutunmakta. Bir müddet neye elini atsa başarısız olur. Önce siyaseti dener, yürütemez. Babasının seçim kampanyalarında çalışır ama kendine ayrı bir yön çizemez. Daha sonra sinemayı dener. Babasından alabildiğine farklı bir alana, Hollywood'a el atar. Ancak film endüstrisindeki çabaları da hüsranla sonuçlanır. Orduya katılır, askeri ataşe olur. Amerika 1941'de savaşa girdiğinde o da cephededir. Savaş sonrası orduyu bırakır, tekrar siyasete döner. Ve Amerikan tarihinin en kritik noktalarında, babasının çizgisini sürdüren demokrat adayları değil, cumhuriyetçileri destekler. Nixon'a, Reagan'a arka çıkması acaba tesadüf mü? Yoksa ta derinlere sirayet etmiş bir başka başarılı baba-kırgın oğul hikâyesi mi? Randolph Churchill de ünlü bir babanın oğlu olarak dünyaya gelmeyi gül değil, diken olarak yaşayanlardan. Gayet iyi bir eğitim alan ve korunaklı bir ortamda büyüyen Randolph'un gençlik dönemi pek mutlu geçmişe benzemiyor. Siyasete atılmayı dener ama ilerleyemez. Ne özel hayatında, ne atıldığı işlerde istediği sonucu yakalayabilir. Bir dönem Meclis'e girse de pek sevilmez orada da, kalıcı bir iz bırakamaz. Siyaseti bırakıp yazıya, yazarlığa verir kendini. Ondan sonrası alkolikliğe kadar uzanan inişli çıkışlı bir yazma süreci. Kolay değil... Olmamış hiçbir zaman. Görünen o ki başarılı babalar, bilerek ya da bilmeyerek oğullarına zorluk çıkarmaktalar.

Küfrün üç hali

Elinizde sihirli bir değnek olsa yahut olağanüstü bir yetki, küfrü topyekûn yasaklar mısınız? Kaldırır mısınız büsbütün tedavülden? Çıkartır mısınız tekmil küfürbaz ve hakaretamiz ve ağulu ve öfkeperest kelimeleri sözlüklerimizden?

Hayal gücü bu ya, gelin, düşünelim bir anlığına da olsa. Farz edelim mevcut böyle mükemmel bir silgi. Siler misiniz her nevi küfrü ve kem sözü bir toplumun gündelik hayatından? Bir yanım içten içe, "Evet" demeye meyyal olsa da, benim cevabım: "Hayır."

Küfür var, küfür var. İşin aslı, galiba küfrün bir değil, tam üç hali var. Biri diğerine benzemez zinhar.

Küfrün katı hali: En beteri, en vahimi, en çok yaralayan ve geride hasar bırakanı. Yol ortasında arabaları birbirine çarptı diye tekme tokat kavgaya tutuşan iki yabancı; üniversitelerde ideolojik bölünmelerde taşlı sopalı birbirine girişen gençler; stadyumlarda hakeme lanet yağdıran taraftarlar; yahut Meclis'te rakip parti temsilcilerinin üzerine yürüyen ve hepimizi utandıran siyasetçiler...

Tüm bu ve benzeri bağlamlarda, her zaman olduğu gibi hep analar ve bacılardır küfürlerin öznesi, şaşmaz hedefi. Birbirlerini "düşman" belleyen erkekler ağız dolusu küfürler yağdırırken teğet geçer kelimeler onları, gene kadınlar incinir. En çok kadınlar incinir bu ülkede.

Masaru Emoto, Japon bir sanatçı. "Su damlalarına hayat veren fotoğrafçı" olarak biliniyor. Senelerdir farklı ülkelerden su kristallerini alıp dijital ortamda görüntülüyor. Sonra bunları karşılaştırıyor. Su kristallerine müzik dinletiyor mesela. Bach dinleyen bir damla ile heavy metal dinleyen damlanın enerjileri farklı oluyor. Ama daha ilginci, bazı su kristallerine sevgi dolu sözler dinletiyor; bazılarına da hakaret ve küfür içerikli laflar.

İkinci gruptakilerin fotoğrafları çekildiğinde ekrana yansıyan enerji karman çorman, soğuk ve itici bir keşmekeş. Sevgi gören damlalar ise ahenkli ve dengeli bir bütün olarak beliriyor, ışıklı bir o kadar. Diyor ki sanatçı, şayet küfür bir su damlasına bu kadar zarar veriyorsa, yüzde 70'i su olan insana neler yaptığını düşünün. Yahut yüzde 70'i su olan dünyaya...

Bilimsel araştırmalar benzer bulgular ortaya koyuyor. Küfreden veya küfür dinleyen insanlarda fiziksel-kimyasal değişimler yaşandığı biliniyor. Ellerde terleme, yüzde yeni çizgiler, katlanarak artan bir anksiyete ve gerginlik. Negatif bir enerji bulutu.

Lakin bir de küfrün ikinci hali var ki birinciden alabildiğine farklı. Bundan uzun seneler önceydi. Pılımı pırtımı toplayıp İstanbul'a yeni varmışım; bu şehrin içten içe beni – keza tüm kabına sığmaz, kendine yetmez şaşkınları– çağırdığına inanmışım.

Zihnimde hikâyeler, parmak uçlarımda kelimeler. Saçlarımdan harf topladığım, rüyalarımda roman karakterleriyle dans ettiğim günler. Hep İstanbul'u dinliyorum o dönem; gözlerim kapalı ve yürek gözüm açık. Sokaklardan duvar yazıları topluyor, insan suretlerinde anıları yakalıyorum. Öyle delişmen bir dönem.

Yeni taşınmışım mini minnacık bir eve. Mobilyam filan yok henüz. Üst üste kitap dolu kutular var. Gece geç saatte, pencereden bakıyorum. Tek başına, sarhoş bir travesti iniyor Kazancı Yokuşu'ndan. Ayakkabılarından birinin topuğu kırılmış. Küfrediyor kendi kendine. Şehre, cümle erkeklere, böyle gelmiş böyle giderciliğe, belki de son tahlilde kimseye, bir tek kendine küfrediyor.

Ve ben pencereden bakıyorum. Buruk bir tebessüm dudağımda. O sahne çıkmıyor aklımdan. Yazılarıma sızıyor senelerdir. Şimdi ben o travestinin "hedefsiz" ve "kanadı kırık" küfürleri ile küfrün katı ve saldırgan halini nasıl aynı kefeye koyabilirim?

Gelelim küfrün üçüncü ve gaz haline. Uçar. Bulutumsudur ya ağırlık yapmaz. Kafa kırmaz. Kalp de. Mizahtır. Zekâdır. Söylenmeyenin dışavurumudur. Baskıya karşı isyandır. Serzeniştir. Tek tipleşmeye rağmen bireysel duruştur. Asidir. Yaramazdır. Haylazdır. "Yanlış"tır ama kötü niyetli değil...

Can Yücel, Türkçenin en güzel küfreden şairidir bu anlamda. Onun küfürleri ile Meclis kürsülerinden işitilen küfürlerin ne doğası, ne de insanlar üzerindeki etkisi aynıdır. Kelimenin ne olduğu kadar nasıl söylendiği de önemlidir işte...

Velhasıl küfrün katı haline karşıyım toptan. Hele Meclis çatısı altında duymak istemiyoruz bu lafları.

Ama küfrün sıvı halini anlıyor yüreğim, yargılamıyor.

Küfrün gaz halini ise "rindane" buluyorum çoğu zaman. Lakin bir boyut var ki değişmiyor kolay kolay. Sıvı, katı ya da gaz... Küfürler hep erkeklerin ağzından yazılmış ve hep kadınları büyüteç altına almış. Ve biz, bazen "entelektüellik", bazen "liberallik", bazen "harbi ve *cool* olmak" adına bunu eleştirmiyoruz ya, sinmiyor içime.

Öyleyse ne küfre toptan alerji duymak, ne küfrü romantikleştirmekten yanayım. Ne yasaklamaya kalkmak kelimeleri (kelimeler ki onlara özgürlük yaraşır), ne de yüceltmek. Arada bir yerde, gene arafta kalmış yüreğim...

Edebiyat dersleri edebiyattan soğutuyor

Bu toprakların yetiştirdiği en büyüleyici seslerden, kıymetli cevherlerden biridir Yunus Emre. Yüzyıllar ötesinden seslenir bize, yüreklerimize. Duyarız hâlâ çağrısını, o insancıl ve merhametli yaklaşımını. Zekidir, özgürdür, bilgedir. İnsana has nice korkuyu, evhamı, arayışı dolaysızca, içtenlikle, duru bir güzellikle anlatır. Okuruz, duyarız, severiz.

Peki nedendir, Yunus Emre'nin hepimizin içine işlemiş dizelerinin, 10. sınıf Türk Edebiyatı ders kitabında bir kıtasının çıkarılmış olarak okutulması? Talim ve Terbiye Kurulu'nun konuyla ilgili açıklamasını dikkatle okumuştum. Acaba ben mi bir şey atlıyorum diye birkaç kez dönüp bakmıştım. "Şiirden beklenen kazanımların, söz konusu eksik haliyle de sağlandığı" iddia edilmiş.

Böyle bir cümleyi ve ardındaki mantığı anlamakta güçlük çekiyorum. "Şiirden beklenen kazanımlar" ne demek? Bu okuma metodu bize şiirleri istediğimiz gibi kırpma, azaltma, hatta sansürleme hakkı mı veriyor? "Teknik olarak yanlışlık yok" denmişti.

Kanımca hem teknik, hem felsefi, hem edebi, hem vicdani açılardan bir yanlışlık var ortada. Bunu kabul etmek ve düzeltmek daha doğru değil mi, yapılan hatada ısrar etmek yerine?

* * *

Türkiye'nin ifade ve fikir özgürlüğü karnesi zaten kırıklarla dolu. Fikirlere bulaşıcı hastalık muamelesi yapıyoruz. Hani yaklaşırsak üzerimize atlar, bize de geçer zannediyoruz. Yunus'un fikirleri sakıncalı mıdır? "Cennet cennet dedikleri/ Birkaç köşkle birkaç huri/İsteyene ver onları/Bana seni gerek seni." 13. yüzyıl ortalarında bu sözleri edebiliyordu bir şair, bir mutasavvıf. 21. yüzyıl Türkiye'si daha mı geri?

Evrensel gazetesi haberi manşetten duyurmuştu. Ardından diğer gazetelerde yer almıştı konu ama hâlâ doyurucu bir açıklama yoktu ortada. Tarihimizi sadece "kahraman ecdadımız" söylemine indirgemek, işimize gelmeyen kelimeleri ayıklamak, fikirleri kapatmak, herkesi birbirine benzetmeye çalışmak, yekpare bir toplum yaratmak son derece tehlikeli, otoriter ve antidemokratik bir yaklaşım.

Dünya tarihi bunun sayısız örnekleriyle doludur. Böyle bir ülke olmak mı istiyoruz? Kuzey Kore'de çekilmiş belgeselleri izleyin, tüyleriniz diken diken olur. Her türlü bireyselliği tırpanlamak üzerine kurulu bir sistem. Böyle mi yetişsin gençlerimiz? Yaratıcılıktan, eleştirel düşünceden, bireysellikten uzak?

* * *

"Eğitim ordusu" lafını oldum olası sevmem. Eğitim ile ordu kelimelerini bağdaştıramam. Öğrenciler asker değildir ki, bir emirle aynı şekilde hareket eden yekpare bir vücut değildir ki. Öğrenci dediğin elbette düşünecek, sorgulayacak, öğretmeninin de ötesine geçecek. Bunu ancak kendine güvenen, demokratik, çoksesli toplumlar başarabilir. Özgüven eksikliği sansürü beraberinde getirir.

İşin doğrusu şu ki, edebiyat dersleri edebiyattan, tarih dersleri tarihten, coğrafya dersleri coğrafyadan soğutuyor.

Bunun önemli bir sebebi, ders kitaplarının hazırlanma biçimi. Yaratıcılıktan uzak, ezbere dayalı, mekanik bilgileri tekrarlamaktan öteye geçemeyen bir altyapıdan hareket ediyoruz.

Öğretmenlerimize çok şey borçluyuz. Bir öğrenci kalkıp da edebiyat derslerinden keyif aldığını söylüyorsa bilin ki muhakkak sıra dışı bir öğretmenin emeği vardır orada. Şanslıysanız böyle bir öğretmene denk gelirsiniz. Ama onlardan kaç tane var, varsa bile o öğretmenler teşvik görmeye görmeye seneler içinde nasıl körelir, şevkini yitirir, o ayrı mesele.

Yorgun demokrasi

Sen beni tanımazdın. Ne aynı şehirde doğmuşluğumuz var, ne aynı okula gitmişliğimiz, ne de aynı dilde ilk ninniyi, ilk masalımızı dinlemişliğimiz belki. Senin kalabalık bir ailen vardı, çok kardeşin; benimse dul bir annem vardı, bir de anneannem. Senin baban kumaş fabrikasında işçiydi; benimki akademisyen, her ne kadar pek görmesem de büyürken. Sen yoksun ve yoksul yetiştin; benim burukluğum, kırıklığım başkaydı, saklıydı. Senin dilin yasaklıydı, benimse kelimelerden, harflerden yana hiç sıkıntım olmadı. 12 Eylül'ün üzerinden seneler geçmişti. Bu toprakların üzerinden bir panzer geçmişti. Bilmiyordum, bilmiyorduk. Demir parmaklıklar ardında neler yaşandığını, ister solcu ister sağcı politik mahkûmlara neler yapıldığını, işkencenin nasıl yaygınlaştığını duymuyordu sıradan vatandaş; sokaklardan gürültü patırtı, anarşi eksildi diye memnundu komşumuz Hikmet Hanım Teyze. Kenan Evren televizyona çıkınca selam çakardı bakkal Rıza Efendi.

Ben sonra ayrıldım Türkiye'den, bir müddet yurtdışında okudum. Geç keşfettim seni kimine göre. Doğru zamandı bana sorarsan. Üniversitede öğrenciydim; dinledim bir şarkını, tesadüfen bir akşamüzeri. Yabancı geldi müziğin evvela, yaban geldi. Fazla "erkek" geldi doğrusunu istersen; ben ki kadınlarda erkeksiliği, erkeklerde kadınsılığı, ara tonları yeğlerdim. Sen emindin haklının ne yanda, haksızın ne yanda durduğundan. Bense kafası karışık, mütereddit ruhların yanında rahat ederdim.

Sen kahramanlardan bahsediyordun, bense kahramanlara ihtiyacı olmayan bir toplum istiyordum, Brecht'e atıfla. "Yâre bir şeyler söyleyip, kafamı bozdurmayın" deyişinde hafif bir kabadayılık seziyordum. "Marş söylemeden ölmek bize yaraşmaz" cümlesindeki vurgu uzaklaştırıyordu beni. "Soylu sevdam" dediğinde, sevda kısmını anlıyordum da soyluyu anlamıyordum. Kullandığın sıfatlarla sorunum vardı. Lakin dinledim seni. Duydum seslenişini. Kapatmadım teybi. Bir şarkı, derken bir tane daha. Ve bir de baktım ki merakla dinliyorum seni.

Dedim ya, farklıydık bir parça. Sen rakı-pastırma severdin; bense pek koymazdım ikisini de ağzıma. Aynı masada otursak dalga geçerdin muhtemelen yediklerimle, ya "hanımcık" bulurdun ya da "alafranga". Bazen içerlerdim üslubuna, saklı bir önyargı yakalardım mutlak haklılığında.

Lakin bir garip kırılganlığın vardı ki görmemek ne mümkün. Paltonun altında bir oğlan çocuğu saklıydı. Mahpushane duvarlarına kederini yazan, acıya aşina, hüzne merbut, kimselere benzemez, yalnız ve mert ve sözünü sakınmayan bir adamdın. "Ne Diyarbakır anladı beni, ne sen, oysa ne çok sevdim ikinizi de bir bilsen" deyişinde bir kıymık vardı, yüreğime batan.

Her şeye rağmen hayatı bu haliyle bile seven, vicdan bilen, insanlığa inanan; komşusu açken tok yatamayacak biriydin bana kalırsa. Birinin parmağı kesilse, senin canın yanardı. Üstüne vazife olmayan işlere bulaşırdın zannımca; dayanamazdın çünkü haksızlığa. "Her koyun kendi bacağından asılır" senin şiarın değildi bu yüzden. Yakaladı yüreğimi bir perdesinden sesin, her zaman katılmasam da kelimelerine, ne gam. "Ceketini yağmurlara asan" adam. "Dünyaya sataşırım" diyecek kadar asi. Ben "gözüm" kelimesinin bu kadar güzel telaffuz edildiğini senden öğrendim.

Geçti seneler aradan. Televizyon ekranlarında bir an. Yuhalamalar, çatallar, bıçaklar, protestolar. Neydi bu kadar tepkinin sebebi? Kürtçe bir klip çekmende ne beis vardı ki? Bir rüzgâr esti adeta; akıl tutulması, öfke nöbeti.

Sen toprağının insanıydın; her ne kadar, "Geceler tanır beni; konarım, göçerim ben" desen de bende hep "yerleşik" izlenimi bıraktın. Alışkanlıklarının insanı olduğunu düşünürdüm. Kadim dostluklar, tanıdık sofralar, süreklilik duygusu. Öyleyse içini yakmış olmalı sürgünde ölmek. Niye bu kadar hırpaladı seni bunca sevdiğin memleket? Ne garip, kimse bilmiyor cevabını.

Şimdi vardığın yerden nasıl görünüyoruz gözüne bilmem lakin haberlerimiz iç açıcı değil. Arpa boyu yol gittiğimiz demokraside bile geriledik, hem de nasıl ve ne korkunç bir hızla geriledik; idam cezası gene gündemde. Sen, "Uçun kuşlar uçun doğduğum yere, şimdi dağlarımda mor sümbül vardır" demiştin. Mor sümbüller değil, hep bir kargaşa var. Ayaza kesmiş demokrasimiz. Biz hayatı kutsayan bir ülke niye olamadık, olamıyoruz?

* * *

Değerli sanatçı, yokluğu çok hissedilen ve kimselere benzemeyen Ahmet Kaya'nın ölüm yıldönümünde yazdım bu yazıyı. "Bize kir, bize pas, bize tortusu kaldı" demişti usta sanatçı. "Dostlar tükenip düştüler, yok olma korkusu kaldı." Bu canım memleketin Türk-Kürt, Sünni-Alevi, muhafazakâr-sosyal demokrat, kadın-erkek bireyleri bir arada huzur, barış ve demokrasi içinde yaşasa... yaşayabilse keşke.

Elli sene sonra bugünkü kavgaların ve zıtlaşmaların hiçbir anlamı kalmayacak, ama yok olup giden insanlar da bir daha geri gelmeyecek.

Yasaklanmayı hak eden bir kitap olabilir mi?

Almanya'da yayıncılık ve kitap dünyası ilginç olduğu kadar dikenli, çetrefil bir tartışmanın ortasına düşmüştü. Ne yana adım atacağını bilmeden. Hani bir taraf uçurum ama hangi taraf o, fikir birliğine varılamıyordu. Zira Hitler'in *Kavgam* kitabına konulan "yayımlamama" yasağının son evresine varılmıştı. Almanya'da yetkililer İkinci Dünya Savaşı'nın hemen ardından, uluslararası talepleri de göz önüne alarak uygulamaya koymuşlardı bu kararı. 2015 senesine kadar *Kavgam* yasaklı kaldı. Söz konusu tarihe bir şey kalmamıştı. Ne olacaktı o zaman? Yahut ne olmalıydı? Herkesin bir kanaati vardı ve kanaatler arasındaki mesafe kâinatlar kadardı... Ve sonunda 2015'te yasak kalktı.

Hitler *Kavgam* kitabını 1924'te kaleme aldı. Hapisteydi o zamanlar. Bitirdiğinde 700 sayfa, iki cilt çıkacaktı ortaya. Kitap hızla basıldı, Weimar döneminde geniş bir okur kesimine yayıldı. Savaş yıllarının işgalci, kafatasçı rüzgârları eserken elkitabı oldu yapılan caniliklere. Naziler başa geçince kitap da erk kazandı, tüm topluma dayatıldı.

Öyle ki 1945 senesi itibariyle, hemen her evde bir kopya mevcuttu. On milyondan fazla nüsha basıldığı tahmin ediliyor. Şimdi bile kafaları karıştıran soru şu: Bu kadar nefret ve kin ve şiddet saçan, her satırında beyin yıkamaya ve insanlığı birbirine kırdırmaya çalışan bu kitabın yeni nüsları basılmalı mı? Bu hususta okuduğum yazılar içinde en ilginci Berlin'in entelektüel seslerinden Paul Hockenos imzalıydı. Hem gazeteci, hem siyaset bilimci olunca meseleye birden fazla açıdan yaklaşmış. Almanya'da sol hareketin tutumunu anlatıyordu. Alman solu bir hayli güçlü, köklü. Ve "Nazizmin İncili" diye adlandırdıkları *Kavgam*'ın hepten yasaklanmasından yana tavır koyuyordu. Öte yanda liberal kesimde başka görüşler vardı. Kitabın yasaklanmasının o dönem için anlaşılabilir bir şey olduğunu ama bugün Alman okurların *Kavgam*'ın ne kadar bayağı ve pespaye bir metin olduğunu görebilecek olgunluğa ulaştığını, şayet yasak sürerse bu sefer ilginin gereksiz yere artacağını, yani yasağın tam aksine hizmet edeceğini söyleyen sesler de mevcuttu. Dünyanın birçok yerinde olduğu gibi Almanya'da da aşırı sağ uçlar ekonomik ya da politik krizlerden fayda sağlıyor. Kendilerine nasyonal sosyalist diyen bir grubun dokuzu göçmen on kişiyi öldürmesinin üzerinden fazla zaman geçmediğini hatırlatıyor Hockenos. Ve ülkede nüfusun yüzde 20'sinde derine kök salmış bir Yahudi karşıtlığı/önyargısı olduğunu belirtiyor. Böyle bir ortamda *Kavgam* kitabını yeniden basmak doğru mu?

(Şunu da unutmamalı ki hepten bir yasak değildi söz konusu olan. 2015'ten önce de Almanya'da kitap rahatlıkla bulunuyordu. Ama yasağın kendisi kaldırılmış değildi.) Alternatif bir yaklaşım Bavyera hükümetinden gelmişti. Kendi bütçelerinden yüklüce bir para ayırarak, vicdan ve bilinç muhasebesi yaparak, 2016'nın Ocak ayında basılmak üzere bir özel versiyon hazırladılar. Kitabı yasaklamak (ve dolayısıyla okurların gözünde yüceltip kültleştirmek) ya da olduğu gibi basmak (dolayısıyla zehir ve husumet saçmasına önayak olmak) yerine "açıklamalı" bir baskı hazırlandı. Kapsamlı bir önsöz ve hemen her sayfaya eklenen dipnotlar sayesinde kitabın insanlık tarihine verdiği zararın gözler önüne serilmesi amaçlanıyordu. Söz konusu bu kadar büyük çapta bir utanç belgesi olunca nedir doğru yol? Yasaklamak mı? İfade özgürlüğüne inanıp olduğu gibi basmak mı? Yoksa ara bir formül bulup, özel bir basım hazırlamak mı? Cevapları bulmak hiçbir toplum için kolay olmasa gerek, hele Almanya için... Savaş biteli 72 sene oldu. Ne Avrupa o Avrupa, ne dünya o dünya. Ama ırkçılık, ayrımcılık, kafatasçılık ne yazık ki bitmedi. İnsanlık geçmişin hatalarından yeterince ders almadı. Aşırı sağ uçlar bir kenarda palazlanmayı bekliyor. Kendilerine uydurma düşman azınlıklar, hayali "öteki"ler arayarak...

Zor bir konu bu, bilhassa yazarlar ve okurlar, yani kitapların özgürlüğüne yürekten inanan insanlar için. Bavyera hükümetinin hazırladığı "açıklamalı basım" önemli, ilgi çekici bir girişimdi. Çünkü *Kavgam*'ı hepten yasaklamak ne yazık ki ona hak etmediği bir değer katacaktı. Olduğu gibi basmak ise insanlığın vicdanıyla kumar oynaması demekti. O yüzden bu kitabın simgelediği dışlayıcı, yıkıcı ideolojinin insanlığa nelere mal olduğunu anlatan dipnotlarla ve açıklamalarla örülü bir yeni basım ara çözüm olabilirdi bence de. Lakin son tahlilde unutmayalım ki karanlık bir kitap yazıldı ya da okundu diye değil; bireyler ezberci bir kolektivizme, kitleler korku ve paranoya girdabına, siyasetçiler tahakküme, demokrasiler faşizme geçit verdi diye yaşandı bütün o acılar. Kitaplardan ziyade değişmesi gereken gene kafalar...

Rüyalar üzerine...

Bu yazı rüyalar üstüne... Tarihten ve dünyanın her köşesinden...

• Eski Mısır'da hayatlarının gidişatına dair endişe duyanlar veya önemli bir karar verme aşamasında bulunanlar, bir geceliğine de olsa tapınakta uyurdu. Oradayken gördükleri her rüyayı sabah hatırlamaya gayret eder, sırf bu iş için görevli rahibe anlatırlardı. Onun yapacağı bir yorum, hayatlarına beklemedikleri bir yön verirdi. Hep kurcalar aklımı, ya o rahip hayal gücü engin, biraz da çılgın bir insan ise kim bilir nerelere yollardı rüyazedeleri? Yani rüyalar kadar onları tabir edene de dikkat buyurmalı.

• Telmessos halkı rüya yorumlarının doğruluğuyla nam salmıştı. Her yerden meraklılar, hatta krallar, şehri ziyaret eder, tabir beklerdi. Peki Telmessos bugün nerede? Güzelim Fethiye! Bir rüya turizmi olsa keşke. Akın etse turistler yerkürenin her köşesinden Fethiye'ye, bu sefer rüya tabirine.

• Uykuda gelen alametleri ciddiye alırdı eski Yunan filozofları. Hatta Platon neden müzik ve sanatı önemsediğini soranlara, rüyasında bunlara yönlendirildiğini söylerdi.

Kimse de gülmezdi bu cevaba. Başka türlü demlerdi onlar ne de olsa. Ta ki Aristo çıkıp herkesi kuru mantığa davet edene kadar. Ona göre rüyalar gayb âleminden gelen işaretler filan değil, insanın gün boyu yaşadıklarının birer yansımasıydı sadece. "Abartmayın, romantikleştirmeyin, her taşın altında gizli manalar aramayın" dercesine susturdu herkesi. İki ayrı kişilik, iki ayrı felsefe. Bense Aristo'nun çok renkli rüyalar görmediğinden şüphelenirim. Merak ederim acaba daha uçuk olsaydı uykusunda seyrettiği âlem, gene böyle akılcı yaklaşır mıydı meseleye?

• Gelelim Hipokrat'a. O "anti-romantik yaklaşım"ı daha ileri götürdü. İnsanların yaşadıkları fiziksel rahatsızlıkların rüyalarına yön verdiğini iddia ederek. Ülseriniz varsa başka türlü rüyalarınızın mahiyeti; dişinizde apse varsa başka. Soyuta değil somuta bakın! Bu görüş meşhur Galen'den de destek buldu. Doktorların hastalarına teşhis koymadan evvel rüyalarını sordukları günlerdi bunlar.

• Tektanrılı dinlerin yayılmasıyla birlikte rüyaların Yaradan'dan yaratılanlara gönderilmiş şifreli mesajlar olduğu görüşü güç kazandı. Bu konuda Hıristiyanlık, Yahudilik ve İslamiyet benzer çizgi izlediler. Yüzyıllardır her üç dinin inananları ortak rüya yorumları yapmaktalar farkında bile olmadan. (Bir tek Martin Luther, muhtemelen geleneksel kalıpları kırma arzusundan, rüyaların Tanrı'dan değil şeytandan gelen fısıltılar olduğunu iddia etti.)

• İslam filozoflarının rüyalar üzerine yazdıkları, başlı başına bir araştırma konusu. Okuması gayet keyifli. İbn-i Sina'ya göre biz uyurken ruh bedenden ayrılıyor, cümle ruhların dolaştığı uhrevi âlem ile temasa geçiyordu. Çok sevdiğim İbn-i Haldun hakiki rüya ile hakiki olmayan rüyaları ayırt etmek gerektiğine inanırdı. Genelde İslam geleneğinde rüyalar kategorileştirilmekteydi. Birinciler: Rahmani rüyalar (salih rüya). Bunları ancak inancı pak insanlar görebiliyor, yani herkese göre değil. Zaten getiren de melekler. İkinciler nefsani rüyalar. Hemen hepimizin gördüğü, egomuzun pençesinde. Gün boyu neyle iştigal ediyorsak aynen devam aslında. Üçüncüler ise şeytani rüyalar.

• Hem tarih, hem rüya meraklılarına tavsiye edilebilecek en güzel kitaplardan biri Cemal Kafadar'ın kaleminden çıkma. Üsküplü Asiye Hatun'un şeyhine yazdığı rüya mektupları! 17. yüzyılda Osmanlı'da bir kadının din, inanç, bireysellik/aidiyet ve mana arayışı. Asiye Hatun gördüğü rüyaları yazıya döker, şeyhinden yorum ve irşat bekler. Müthiştir bu inceleme: "Sıradan" bir kadının penceresinden görünen Osmanlı.

• Ve rüya dendi mi Freud'u anmamak ne mümkün. Her şey Freud'dan önce, Freud'dan sonra. Ona göre rüya "bastırılmış olanın geri dönüşü"ydü. Arzu ettiğimiz ama yüzleşemediğimiz ne varsa karşımıza çıkacaktı uykumuzda. Freud'a yeğlediğim ve çok sevdiğim Jung ise tamamen başka bir yerden yaklaştı. Her ne kadar bir zamanlar Freud'un öğrencisi olsa da, boynuz kulağı geçti. Jung, evrensel ve kadim semboller üzerinde durdu. İnsanlığın ortak bilinçaltını aradı rüya araştırmalarında.

• Yüzyıllara yayınca ve Doğu-Batı bir arada değerlendirince, aslında ne kadar az şey biliyoruz hâlâ rüyalar hakkında. Bu kadar teknolojiye, bilimsel ilerlemeye rağmen. Günümüzün, velhasıl ömrümüzün üçte biri ile yarısı arasında kocaman bir zaman dilimini uykuda geçiriyoruz. Bu süre içinde rüya üstüne rüya görüyoruz. Lakin ne hatırlayabiliyor, ne anlayabiliyor, ne değerlendirebiliyoruz. Harcanan bir hazine rüyalarımız.

• Ve bitirirken... Kendi kişisel sergüzeştimden bir örnek. Bazen bana rüyada gelir yazmakta olduğum romanda eksik kalan bir parça. Bulamadığım bir bağlantı, çözemediğim bir bilmece. Rüyada tanıştığım roman karakterlerim de var. İlk defa orada gördüğüm. Mesela *Araf*'taki Gail bunlardan biri. Bazen de karakteri bilirim de ismini bulamamışımdır. Ve o isim rüyamda belirir. *Mahrem*'deki başat karakterlerden Keramet Mumî Keşke Memiş Efendi'de olduğu gibi. Ben bu ismi gün boyu uyanıkken değil, horul horul uyurken gördüm ilk. Kim bilir belki de yaratıcılığın ve hayal gücünün durduğu an değil, tam da başladığı andır rüyaya geçtiğimiz eşik.

Konuşamamak...

Evlilikler ne zaman aksamaya başlar dersiniz ya da aşk ne zaman tavsar? Çiftler birbirleriyle konuşamaz hale geldiklerinde. Ne zaman ki söz biter, sessizlik boy verir evde ve dışarıda; ne zaman ki iletişim kesilir, herkes kendi fikrini kendine saklamaya başlar, bir mesafe girer araya, bir soğuk rüzgâr eser, ayrı düşer yürekler.

Dostluklar ne zaman sarsılır dersiniz ya da arkadaşlıklar ne zaman bozulur? İnsanlar birbirlerine dürüstçe fikirlerini açamaz, meramlarını anlatamaz olduklarında. Zira kelimelerle kurulur kalpten kalbe köprüler.

Sözcükler bağlar bizi hayata ve birbirimize. Ne vakit ki söz tükenir, duygular ve duygusal bağlılıklar da öyle. "Sohbet" ile "muhabbet" kavramlarının benzerliği tesadüf değildir. Sohbetin olmadığı yerde muhabbet de körelir.

Toplumlar ne zaman kutuplaşır dersiniz ya da farklı kesimler nasıl sağırlaşır; önyargılar nasıl pekişir, kireçlenir? Bireyler/vatandaşlar birbirleriyle konuşamaz olduklarında. Sivil toplum ile hükümet yahut değişik siyasi partiler/kesimler arasında diyalog azalmaya başladığında. Velhasıl iletişim nasıl başat ve vazgeçilmez ise her türlü insan ilişkisinde, "katılımcı bir demokrasi"nin olabilmesi ve yaşayabilmesi için de aynı şekilde muhtacız kelimelere.

Halbuki biz yeterince konuşamıyoruz... Polemik çok da,

ortada hakiki ve samimi fikir alışverişi ne yazık ki yok denecek kadar az. Hangi görüşten gelirse gelsin, yapılan her sert, dikenli çıkış ve karşıdakini aşağılamaya gayret eden her üslup bu genel halimizi daha da vahimleştirmekte.

Niçin sükûnetle, sabırla, birbirimizin görüşlerine kıymet vererek, katılmasak bile dinlemeyi bilerek iletişim kuramıyoruz? Birdenbire patlak veren kürtaj tartışmasında da bence en kaygı verici boyutlardan biriydi bu. Bu gerilim, bu kopukluk...

Kimi politikacılarda da, onları eleştirmek için meydanlarda kullanılan kimi pankartlarda da benzer bir hırçınlık gözlemlemiştim. Bu şekilde diyalog kurmak imkânsız.

* * *

Tüm kadınları yakından ilgilendiren konularda muhafazakâr erkek siyasetçiler tepeden inme kararlar veriyor bizim adımıza. Kürtaj gibi hassas ve önemli bir konuda bile ne kadın örgütlerinin ne kadın yurttaşların fikirleri dinleniyor, bu kabul edilemez bir hata. Bir ülkede demokrasi kaybının en önemli göstergesi kadın haklarında yaşanan kayıplardır. Dikkat edin tarih boyunca da bu hep böyle olmuştur. Önce kadın ve azınlık hakları baltalanır, usul usul; ardından hızla bütün bir demokrasi erir gider.

Katılımcı bir demokraside hepimizin eşit söz hakkı olmalı. Ve tartışma ortamı sağlıklı, saygılı, sakin olmalı. Ne yazık ki öfkeler ve tepkisellikler o kadar fazla, kutuplaşmalar o kadar derin ki konuşmayı unutmuşuz neredeyse.

Böyle tartışmaları kişiselleştirmeden, kimseye hakaret etmeden, vicdanımızın sesini dinleyerek, komplo teorileri ya da hayali düşmanlar aramadan ve kadınların, bilhassa konuşma lüksleri olmayan kadınların ve genç kızlarımızın haklarını savunarak meseleye yaklaşmalıyız.

Kürtajın yasaklanması veya imkânsızlaştırılması (ki dört haftaya indirilmesinden söz edilmişti ve bu da imkânsızlaştırılması demektir) kadınları ve genç kızlarımızı kesif bir karanlığa ve umutsuzluğa itecek bir öneri. Tecavüzlerin, ensestin, kadına yönelik ev içi ve ev dışı şiddetin maalesef büyük oranlarda yaşandığı, değil azalmak tam tersine katlanarak arttığı, kadınların hep ağır bedeller ödedikleri, hâlâ namus cinayetlerinin işlendiği bir ülkede, kürtajı yasaklamak kadınları iki kat çaresizlik içinde bırakmak demektir.

Kürtaj hakkının yasaklanması meselesi çok hassas ve önemli bir konu. Keza yurdun her yerinde yaşanan, çocuklara yönelik cinsel tacizler de öyle. Öyle hususlar var ki tüm kadınların, oy verdikleri partiler ya da yaşam tarzları, kılık kıyafetleri ne olursa olsun, tüm kadınlarımızın, el ele vermesi, birlikte mücadele etmesi şart. Unutmamalı ki kadınların yapay kategorilere bölünmesi, bu yüzden birbirine destek vermemesi en çok ataerkil sistemlerin işine yarar.

Devlet algımız ve biz

"Sen mutluluğun resmini yapabilir misin?" diye sormuştu Nâzım Hikmet, Abidin Dino'ya. Ve eklemişti ardından: "İşin kolayına kaçmadan ama..." Gelin bugün biraz değiştirelim bu soruyu. "Siz devletin resmini yapabilir misiniz? İşin kolayına kaçmadan ama..."

Türkiye'de gençler arasında bir resim yarışması yapılsa, "Devlet dendiğinde aklınıza ne geliyor, gözünüzün önünde ne canlanıyor?" dense, acaba ne tür resimler çıkar ortaya? Rengârenk, iyimser çizimler mi, yoksa koyu, kasvetli çizimler mi?

Bu önemli kelimeyi nasıl algılıyor, nasıl yansıtıyor Hakkâri'de, Erzurum'da, Ankara'da, Trabzon'da yaşayan gençler; il il, bölge bölge inceleyebilsek keşke. Peki aynı soru İngiltere'de, Amerika'da, İskoçya'da, Norveç'te, Finlandiya'da benzer yaş grubuna sorulsa, onlar neler çizerlerdi?

O gençlerin yaptıkları resimler ile Türkiye'deki yaşıtlarının yaptıkları birbirine benzer miydi sizce? Benzemezse neden?

* * *

1970'lerde dünyaya gelen bizler iki darbe arasında büyüdük. Sistematik sansür, ideolojik çatışmalar, sokaklarda dinmeyen şiddet ve gerilimler gördük. Devletten ürkmek öğretildi bizlere. Benim kuşağım, annemin kuşağı, anneannemin kuşağı...

Türkiye'de nice vatandaşa sirayet eden bir korku ve itaat iklimi yaşadık. Hep bir mesafe oldu "yönetenler" ile "yönetilenler" arasında. Polisten, karakollardan, bürokrasiden, ordudan, tanklardan, üniformalardan korktuk.

Şeffaflığın olmadığı yerde komplo teorileri arttı, güvensizlik derinleşti. Arkası sağlam ve torpilli olanlara kimsenin dokunmayacağı, "gariban vatandaş"ın ise tek başına çaresiz ve desteksiz kalacağı ön kabulüyle yaşadık o yılları hepimiz.

O dönemde "devlet" kelimesinin korkmadan kullanıldığı tek örnek hatırlıyorum, çocukluğumun Ankara'sından. Güçlü, akıllı, dirayetli bir komşu kadından söz ederken, "Devlet gibi kadın" demişti anneannem. Bir o zaman duymuştum kelimenin pozitif bir manayla donatıldığını, ürkmeden kullanıldığını. Başka bir örnek hatırlamıyorum.

Hakiki demokrasilerde vatandaşlar devletten çekinmez. Korku üzerine uzun soluklu, sağlıklı, dengeli bir yapı kurulamaz. Hakiki demokrasilerde bireylerin özgürlükleri, devlet aygıtının örgütlü ve konsantre erkine karşı korumaya alınır.

Sadece bireylerin değil azınlıkların, alt kültürlerin, farklı kimliklerin güvenceleri vardır. Eleştiri bir haktır. Ekmek gibi, su gibi, yaşamsal bir hak... Fikir özgürlüğü de öyle, basın özgürlüğü de... Bizde ise ne yazık ki ilk refleks, devletin karşısında bireyi korumak değil, bireyin karşısında devleti korumak yönünde hep.

Türkiye zor coğrafyanın evladı. Gönül isterdi ki komşularımız Norveç, İsveç, Finlandiya olsun. Çetin bir bölgede ayakta kalmak kolay değil. Lakin bunu başaracaksak demokrasiden uzaklaşarak değil, demokrasimizi geliştirerek yapacağız. Son zamanlarda devlet ile birey arasındaki mesafenin daha da açıldığını görüyor, endişe ediyorum.

* * *

Bugünün gençlerinden, devletin resmini yapmalarını istesek ortaya düşündürücü, hazin resimler çıkacak. Meydanlarda kullanılan biber gazları, biriken gerginlikler, öfke patlamaları, kutuplaşma...

Otoriteden korka korka büyüdü kaç nesil. Sindik, yaratıcı bireyler olamadık bu korkular yüzünden. Evde, okulda, askerde, toplumda... hep tepeden inme otorite kültürü hâkim oldu. Güçler dengesine dayalı, fikir ve basın özgürlüğüne sadık, akademik ve bilimsel özgürlüklere önem veren, gelişmiş bir demokrasiye ve buna temel oluşturacak çoğulcu, özgürlükçü bir anayasaya ihtiyacımız ortada. Bu idealden uzaklaştık.

Ne yazık ki üstüne basa basa söylemek, haykırmak zorundayız. Gazetecilik suç değildir. Akademisyenlik suç değildir. Düşünmek ya da eleştirmek suç değildir. İnsan hakları, azınlık hakları, kadın hakları... hiçbiri lüks değildir. Ertelenemez, küçümsenemez evrensel haklar bunlar. "Mutluluğun resmi" nasıl yapılır bilmiyorum ama şurası kesin ki demokratik olmayan ülkeler mutsuz ülkelerdir.

Bir toplum ne zaman solmaya başlar?

Siz hiç sokak ortasında üşümüş hayvanların davranışlarını yakından seyrettiniz mi? Nasıl sokulurlar birbirlerine yavru köpekler ya da yavru kediler mesela; görünmez bir battaniye altındaymış gibi, tüy yumağı, enerji yumağı, umut yumağı bedenler. Ayaza, rüzgâra, karanlığa, hoyratlığa karşı yan yana, can cana durabilmelerinde ürpertici bir hüzün vardır. Hem hüzün, hem metanet. Hem yalnızlık, hem kendiliğinden dayanışma. Bazen, sevdiğimiz ve sevgi gördüğümüz bir varlığın kalp atışıdır, kendi nefes alıp verişimizi düzene sokabilen, içimizdeki kasırgaları, tufanları sakinleştirebilen yegâne kuvvet. Cümle âlem vız gelir tırıs gider o zaman. Birbirini bulunca ıssız ruhlar, dikleşir omuzları, keskinleşir bakışları, bileylenir özgüvenleri. Kimseye ihtiyaç duymazlar. Güzel şeydir yalnızların dayanışması.

Lakin bir toplum içine kapanıp, sürekli kendini yalnızlaştırırsa... ve aynı toplum kendi vatandaşlarını da son sürat, tam gaz yalnızlaştırırsa, ya o zaman?

Sahi bir kültür ne zaman solmaya başlar?

Eski bir fotoğraf karesi gibi sararmış, kırağı yemiş bahar dalı gibi donakalmış bir ruh halindeyiz. Aklı başında, vicdanı yüreğinde kimsenin memleketin içinde bulunduğu iklimden memnuniyet duyması, yaşananlar karşısında bigâne ve gamsız kalması mümkün değil. Çocuklarını koruyamayan, kadınlarını koruyamayan, gençlerini koruyamayan, akademisyenlerini koruyamayan, çoğulculuğu koruyamayan... layık olduğu demokrasiyi ve güçler ayrımını koruyamayan bir memleket olduk. Lakin öyle bölünmüşüz ki adalara, gettolara, yaftalara, konuşamıyoruz bile. Öfke ve önyargı topları uçuşuyor havada.

Bunca olağanüstülük karşısında bakıyorum dört ayrı yöntem geliştirmiş durumda niceleri. Kimileri "her şeyi kanıksamış" vaziyette. Artık hiçbir şeye şaşırmaz olmuşlar. En hayretengiz, en inanılmaz şeylere bile. Ürkütücü bir çarpıklık var çok sayıda insanın hayret etme yeteneğini aynı anda kaybetmesinde. Yok-muş gibi yaşamak istiyorlar. Çocuk istismarı yok-muş, kadın ölümleri yok-muş, sırf bir dilekçeye, üstelik barış dilekçesine imza attılar diye işlerinden atılan, hapislere konulan akademisyenler yok-muş, yeniden tırmanan kardeş kavgaları yok-muş gibi... O kadar çok insan tanıyorum ki "dışarıda" bunlar olmuyor-muş gibi evde, işyerinde, kafelerde sadece "hafif konular" konuşmak isteyen. Etliye sütlüye bulaşmadan.

Lakin tersi daha belirgin aslında. Birinci gruptakiler hiç siyaset konuşmuyorsa şayet, ikinciler sadece siyaset konuşuyor neredeyse. Bu yanda, hızla politize olanlar. Politize olmaktan başka çare bulamayanlar. Bunların bir kısmı öfkeli, burnundan soluyan, çatacak yer arayanlar. Bir başka kısmı ise bilinçli, makul, aklıselim alternatif bir dil yakalamanın hâlâ mümkün olduğuna inanan idealistler, yel değirmenlerine karşı. Akıntıya karşı kürek çekenler.

Üçüncü gruptakilerde alabildiğine hüzün ve yılmışlık var. Onlar biliyor ki tarih dediğin her zaman ileriye doğru akmaz. Bazen geriye gider; sarmallar çizer, daireler, tekrarlar. Türkiye, hatalarından ders çıkaramayan, hep aynı noktalarda ve zihinsel kalıplarda takılan, empati ve demokrasi dersinden ha bire çakan bir öğrenci oldu çıktı.

Dördüncü gruptakiler birbirine sokulan yavru hayvanlar misali arkadaşlıklara ve ruhdaşlıklara sığınanlar. Dost sohbetlerden başka penah kalmadığına inananlar. Üşüyenler. Tek başlarına daha çok, birlikteyken daha az üşüyenler.

Sabit değil bu kategoriler. Aynı insanın bir hafta içinde dört ayrı hale bürünmesi mümkün. Hatta aynı gün içinde. Hüzünden yılgınlığa, dirayetten dayanışmaya. Bu kadar çok kafa karışıklığının olduğu yerde sanata, mizaha, edebiyata olan ihtiyacımız her zamankinden de fazla.

Bir toplum ne zaman solmaya başlar?

Rüya

Bir rüya gördüm. Rüyamda savaşan insanlar gördüm. Söylemeye dilim, yazmaya kalemim varmıyor şu anda. Lakin paylaşmam lazım. Memleketim için hissettiğim kaygıyı, uykularıma kadar sızan endişeyi dile getirmek gönül borcum. Karanlık bir şehir, uzadıkça uzayan yollar, ikiye bölünmüş insanlar. Neredeyse tıpatıp aynı giyinmiş erkekler var etrafta. Atkılı, paltolu, ceketli, takım elbiseli, kravatlı... Düşman kamplara ayrılmışlar. Halbuki birbirlerine o kadar benziyorlar ki, kimin hangi taraftan olduğunu ilk bakışta kestirmek zor. Öbek öbek toplanmışlar, kızgınlar, hınçlılar; siperler içinden, barikatlar gerisinden havai fişekler atıyorlar. "Neyi kutluyorlar acaba?" diye düşünüyorum kendi kendime. Ama kutlamaya benzemiyor. Suratlar asık, bedenler gergin, bir koşuşturmaca, bir esrar perdesi ortada. Gecenin sessizliğinde, o simsiyah ve dipsiz semada ebemkuşakları bırakıyor ışık huzmeleri. Sonradan ve aniden anlıyorum ki, dehşet içinde irkilerek görüyorum ki havai fişek zannettiklerim aslında silahlardan çıkan kıvılcımlar imiş. Bombalar ve silahlar konuşmakta.

Kardeş kardeşi kırmakta. Bir eşikteyiz. Durmuşuz, gözlerimizi yummuş, soluğumuzu tutmuşuz. Ötesi boşluk. Gün geçmiyor ki elem dolu haberler gelmesin ve yepyeni bir öfke dalgası yükselmesin. Bir başka ülkede bu kadar çok ölüm ve trajedi peş peşe yaşansa her şey tarumar olur. Türkiye'de ise yaşam bermutat devam etmekte. Lakin uzun zamandır hiç bu kadar daralmamıştık milletçe, hiç bu kadar sürüklenmemiştik umutsuzluğa. Her yeni haberle birlikte biraz daha düşüyor omuzlarımız, biraz daha yıpranıyor kelimelerimiz. Giderek zorlaşıyor barıştan ve huzurdan ve olgun bir demokrasiden söz etmek. Söz edenlere ya "deli" ya "romantik" gözüyle bakılıyor. Oysa konuşmamız lazım. Kelimeleri yitirirsek kaybımız ne kadar büyük olur. Yaşanan her terör saldırısından sonra televizyon ekranlarında hep aynı kareleri görmeyi, siyasetçilerden hep aynı sözleri duymayı yahut gazetecilerden aynı satırları okumayı kanıksamayalım ne olur. Kanıksamak alışmak demek, alışmak hissetmemek demek, hissetmemek ise çözümsüzlüğün taşa yazılması demek. Tepkilerle ve tepkisellikle bu problemi nasıl çözecek, bu kâbusu nasıl aşacağız anlayamıyorum. Bir kısırdöngü içindeyiz.

Bundan uzun zaman önce değil, on beş-yirmi sene evvel Güney Afrika'ya barış ve demokrasi geleceğini söyleseniz kimse inanmazdı. Ne uzmanlar, ne dış gözlemciler, ne siyahlar, ne beyazlar. Öylesine bölünmüş ve kutuplaşmış bir toplumdu ki kimsenin umudu yoktu gün gelip düzeleceğine dair. Lakin Güney Afrika bir sosyal mucizeyi gerçekleştirdi. Birbirine değil selam vermek, mesafeyle, hatta nefretle bakan ve intikam arayan insanların bile ortak bir geleceğe inanmasını mümkün kıldı. Hiç değişmez zannedilen husumetler bile düzelirken, ırkçılığı ana ideoloji haline getiren ülkeler bile söylemlerinde yumuşar ve normalleşirken, biz neden çıkamıyoruz bu cendereden? Bir tane Türkiye var. İnci tanesi bu memleket. Türk milliyetçiliğinin şunu görmesi lazım: Kürtlere eşit muamele yapmadık tarih boyunca ve ne yazık ki hâlâ da bu böyle. Söz konusu Kürtler oldu mu bir bakarsınız hemencecik birleşivermiş Türkiye'de siyasi yelpazenin sağı ve solu. Sistematik, yapısal ve kültürel ayrımcılığın bedeli çok ağır oldu. Ama Kürt milliyetçiliğinin de şunu görmesi lazım: Bir an evvel ve tamamen silahlar susmalı. Şiddetle hiçbir şey yeşermez bu topraklarda.

Yurtdışında insanlar görüyorum; Bosna'dan, Ruanda'dan, Lübnan'dan, İran'dan, Irak'tan... Savaşlardan veya iç savaşlardan kaçan, trajediler yaşamış, yersiz yurtsuzlaşan insanlar. Gözlerinde yaralı bir bakış, yüreklerinde gurbetin mührünü taşıyan insanlar. Bizim ellerin insanları onlara benzemesin hiçbir zaman... Bu konularda yazmak zor. Çünkü biliyorum ki ne desem birileri yanlış anlayacak. O kadar kaygan bir zemin ki en iyisi hiç bulaşmamak. Daha hafif konular yazmak istiyor elim. Lakin öteki elim, sol elim sızlıyor. Yazmazsam sızı ağrıya dönüşecek. Rüyamda iç savaş gördüm. Kalktım, yüreğimde bir ağırlık. Tek teselli, hani derler ya, rüyada görülenin tersi olur. Kim bilir, bakarsınız hakikaten barış, hakikaten demokrasi, hakikaten huzur olur!

Çocukluğum babamı beklemekle geçti

Babamla birlikte çekilmiş hiç fotoğrafımız yok. Ya da ben öyle bildim uzun seneler boyunca. Sonra, kim bilir nereden, eski bir fotoğraf geçti elime. Bebekliğim. Fransa günleri. Doğduğum şehir Strasbourg. Genç, uzun boylu, kıvırcık saçlı, yakışıklı bir adam. Açık renkli, boğazlı bir kazak giymiş, 1970'lerin modası uyarınca. Kucağında bir bebek tutuyor. Balkonda yalnızlar. Yüzlerinin yarısına güneş vurmuş, yarısı gölgede kalmış. Aşağısı boşluk. Aşağısı soğuk... Bir daha bulamadım o fotoğrafı. Kimseye soramadığım için hiçbir zaman emin olamadım. Gerçek miydi acaba? Yoksa düş mü? Tek bildiğim, babamla ilişkimin özetiydi o boşluk, o muğlaklık. Hem var, hem yoktu.

Küçükken, annemle babamın ayrı olmasını bir sorun olarak yaşamadım. Babamın ikinci bir evlilik yapmasını da kötü bir şey olarak algılamadım. Hiçbir önyargıyla yetiştirilmedim. "Evlilik gibi boşanmak da bu hayatın parçası evladım" derdi anneannem, buna inandım. Babamın iki erkek çocuğu olduğunu zamanla öğrendim lakin onları tanımadan büyüdüm. Birlikte büyüyebilmeyi isterdim halbuki. Onlar bana kardeş, ben onlara abla olurdum. Böyle olmadı.

Doğrusu ve işin dürüstçesi, çocukluğum ve genç kızlığım boyunca ben hep babamı bekledim. Hep beni hatırlasın, beni görmeye gelsin, evine davet etsin, yaş günümde bir sürpriz yapsın istedim. Böyle de olmadı.

Derken lise bitti, üniversite başladı. ODTÜ yılları. Benim de bekleme mevsimim bitti, öfke mevsimim başladı. Bir tufan içimde, filizkıran fırtınası. 20'li yaşlarım boyunca babama hep kızgındım. "Öteki evlat" olmaktan sıkılmıştım. Unutulduğuma kanaat getirmiştim, öyleyse kendimi hatırlatmalıydım. İsyandı benimkisi ve her isyan gibi şiddetli, deli... Soracak sorularım vardı. Temas kurdum. Telefonlar açtım, mektuplar yazdım, sordum, sorguladım. Aldığım cevaplara ne kalbim ikna oldu, ne beynim. Ben babama, "Sevgi" dedim; o bana kitaplardan, edebiyattan bahsetti. *Sanchez'in Çocukları, Rashomon,* Seneca'nın mektupları... Ben ona, "Hasret" dedim; o bana felsefeden söz etti. Daha da sinirlendim. Kim bilir belki de benim kitapları, edebiyat ve felsefeyi ne kadar sevdiğimi gördüğü için oralardan cevap vermeye, kendini anlatmaya çalışmıştı. Ya da belki de nicelerimiz gibi o da entelektüel ve teorik açıdan olgun ama özel ve duygusal hayatında kâh olgun kâh çocuktu. Bunları o zaman anlayamadım. Tek istediğim, bana sevgiden bahsetmesiydi.

Derken o mevsim de geldi geçti. Kendi öfkemden yorgun düştüm. Durumu olduğu gibi kabullendim. Geri çekildim. Bu sefer babam daha çok görüşmek istedi, o daha çok denedi. Ama ben artık ruhen orada değildim. O da denemekten yorulup geri adım attı. Aynı müziği duyamadıkları için uyumla dans etmeyi başaramayan çiftlere benziyorduk. Ben sola yönelince, babam gidiyordu sağa. O bir tarafa meyledince, ben beri yana. Bir türlü aynı dalga boyunda olamadık. Meğer insanlar da saatler gibiymiş. İki insanın uzlaşması, barışması ve anlaşması için karşılıklı duygu ve çabaların eşzamanlı olması gerekirmiş.

Derken bir gün Profesör Erdal Yavuz'dan dost ve nazik

bir mesaj aldım. Eskilerde dolaşırken, Strasbourg'daki evde bir yılbaşı partisinde çekilen bir fotoğraf bulduğunu söylüyordu. Böylece sayesinde babamla çekilmiş bir fotoğrafım oldu. Öğrenci ortamı, solcular, sosyal demokratlar, masalarda kadehler, yüzlerde umut ve ışıltı... Babam kameraya bakıyor gülümseyerek, ben de kucağında, yeni doğmuş, ona bakıyorum...

Şu hayatta hiç kimse mükemmel değil. En başarılı işadamları, en muktedir siyasetçiler, en âlâ sanatçılar ya da bilim insanları... Dışarıdan bakınca gayet akıllı, bilgili görünenlerimizin bile görünmeyen bir "gölgesi" var. Balkona vuran güneş ışığının ulaşamadığı bir köşe mevcut her zaman.

Babam özel biriydi. İyi bir hoca, iyi bir eş, iyi bir sosyal demokrat, iyi bir akademisyen ve şüphesiz ki yıllar sonra tanıdığım kardeşlerime iyi bir babaydı. Ben onun parlak ve sevgi dolu hayat hikâyesindeki gölgeydim. Resimdeki güve yeniği. Bütünü bozan detay. Ayın karanlıkta kalan kısmı. Kardeşlerim güneş ışığıyla büyüdü, ben gölgede serpildim. Onlara kelimeler düştü, bana sessizlik. Bunlar beni zorlasa da belki de uzun vadede yazarlığıma, kelimelere ve hikâyelere sevdama büyük katkı yaptı. Ben hep boşlukları doldurmak istedim kitaplarımda, gölgeleri açığa çıkarmak... Babam Türkiye'nin dünya çapında ender sosyal psikologlarındandı. Entelektüel, birikimli, aydındı. O, toplumların psikolojisini çözmeye çalışırdı, toplumdan bireye giderek; bense karakter işçiliğini seçtim, insandan/bireyden topluma giderek. Yollarımız kesişmedi. Bunca kitap, bunca kelime, teori, birikim, birbirimizi tam olarak anlamaya yetmedi.

Benim onu daha iyi anlayabilmem için belki de anne olmam gerekti. Onun da bana açılabilmesi için torunlara ihtiyacı vardı kim bilir. Benimle kuramadığı ilişkiyi torunlarıyla kurdu. Bunu ben de yürekten destekledim. Bana söyleyemediklerini onlara fısıldadı. Galiba biraz böyle bir şey Türkiye'de babalık. Çocuklarıyla kuramadıkları sevgi dilini torunlarıyla yakalayan ne kadar çok dede var aslında.

Yaşadıklarımız ve yaşayamadıklarımız kimsenin suçu değildi. Ya da herkes bir parça kabahatliydi. Artık önemi yok.

Babamın bana en son gönderdiği e-mail'lerden birinde Romalı ozan Terentius'tan alıntılayarak dediği gibi: "Ben bir insanım ve insana dair hiçbir şey bana yabancı değildir."

Son bir senedir aramızda yepyeni bir köprü kurmayı başarmıştık. Ne taştan, ne tahtadan. Bizimkisi asma köprüydü, en ufak bir rüzgârda sallanan. Bazen bir hatalı söz, bir yanlış anlama yetiyordu sallanmasına. Gene de köprüydü, hiç yoktan iyiydi. Daha sık yazışmaya başladık. Kelimelerle yakınlaştık. İkimiz de kendiliğinden yeşeren bu sevgiden hafif sarhoştuk, mutluyduk. O asma köprünün varlığı gelecekte bir gün birbirimizi daha iyi anlayabileceğimize dair bir umut, bir ihtimaldi.

Ben bugün o ihtimali kaybettim. Portekiz'de yağmurlu bir öğleden sonra aldım babamın ölüm haberini.

"Sizin hiç babanız öldü mü? Benim bir kere öldü" demişti Cemal Süreya. Benim babam iki kez öldü. Bir yokluğunda, eskiden; bir de şimdi, seneler sonra tam birbirimize yakınlaşmaya başlamışken, aniden... Ve haklıymış şair. Kör oldum.

DK'da yayımlanmış kitapları

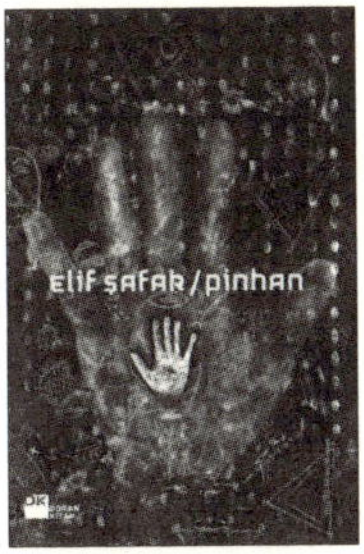

Pinhan

Elif Şafak'ın en ayırt edici özelliği kullandığı dil. Çok eski zamanlardan çıkıp gelmiş, günlük dile ya da eski edebi yapıtlara hapis kaldığını düşündüğümüz sözcükleri kullanarak yoğun, kendi metaforlarını üreten, her biri birer anlam yumağı cümlelerle örülü bir dil kullanır. Vereceği lezzet garantilidir.

Cem Erciyes

Şehrin Aynaları

Aynalar şehrine geldim çünkü benim hikâyemin önünü, benden evvel kaleme alınmış bir başka hikâye tıkıyor. Aynalar şehrindeyim çünkü bir kez şu bendi yıkabilsem sular çatlayacak, deli deli akacak; hissediyorum. Aynalar şehrindeyim çünkü ben bir korkağım; ve ne olduğunu bilen her korkak gibi, bu sırrı kendime saklıyorum.

Mahrem

Öyle güzel ki uçmak... Öyle güzel ki tüyden hafif, uçurtmadan serseri, buhardan oynak, toz zerresinden kıvrak, kar tanesinden savruk olabilmek gökkubbede. Niyetim daha, daha da yükseklere çıkmak. (...)

Mahrem 2000 yılında Türkiye Yazarlar Birliği Ödülü'nü aldı.

Bit Palas

Edebi ve yazınsal başarısı, Türk kimliğini ve ülkenin tarihine yaklaşımını edebiyat yoluyla yeniden tanımlayan genç kuşak yazarlar arasında Şafak'ı temsilci olarak öne çıkarıyor... Bu roman enerji dolu ve gizemli bir yolculuğa davet ediyor insanı; tutkuyla, gülmeceyle ve Türkiye'ye dair bir dolu fotoğraf karesiyle...

The Independent

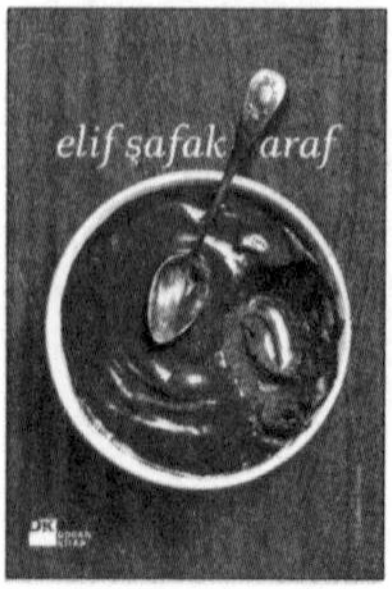

Araf

İyi de bir insana neden ömür boyu geçerli olacak şekilde tek bir isim veriliyordu başka bir isim de verilebilecekken, hatta isminin harfleri karıştırılıp aynı isimden yenileri türetilebilecekken? Kendimiz de dahil etrafımızdaki her şeyi yeniden adlandırma şansı ne zaman alınmıştı elimizden?

Med-Cezir

"Elif Şafak'ı yalnız romanlarından tanıyanlara, kafalarındaki fotoğrafın eksik karelerini tamamlamak için *Med-Cezir*'deki yazıları okumalarını salık veririm. Burada kanlı canlı, öfkesiyle, inadıyla, kırılganlığıyla, tutkularıyla velhasıl renginin bütün tonlarıyla Elif Şafak var."

Ali Çolak

Baba ve Piç

Türk edebiyatçılarının şimdiye kadar görmezden geldikleri bir konuyu, Ermeni meselesini işliyor yazar Elif Şafak son romanı *Baba ve Piç*'te. 1915'te ne oldu, sorusunun cevabından çok, Diaspora Ermenilerinin ve Türklerin bugün bu olaya nasıl baktıklarını, hatırlamak ve hafızasızlık kavramları üzerinden anlatıyor yazar.

İhsan Yılmaz

Siyah Süt

Bu kitap okunur okunmaz unutulmak için yazıldı. Suya yazı yazar gibi...
Siyah Süt kadınlığın, kadınların hayatının kasvetli ve karanlık ama son tahlilde geçici bir dönemiyle ilgili. Birdenbire gelen ve geldiği gibi hızla dalgalar halinde çekile çekile giden bir haletiruhiye burada incelenen. Bu kitap bir nevi tanıklık. Otobiyografik bir roman.

Aşk

"Cümlelerin güzelliği, dili inanılmaz bir yaratıcılıkla kullanıyor olması ve bunu şimdiye kadar yazdığı her şeyden üstün bir şekilde becermiş olması, bu romanı tek kelimeyle olağanüstü yapıyor. Yazarın kişiliğini en saf biçimiyle görebileceğimiz bir yapıt çıkarmış ortaya."

Asuman Kafaoğlu Büke

Kâğıt Helva

(...) Derken o yolculukta bir an geliyor, durup geriye bakma gereği duyuyorum. Geçtiğim yolları, uğradığım durakları, güzergâh boyu karşılaştıklarımı anımsıyorum. Bu kitap dünden bugüne yazdıklarımdan ufacık bir seçkidir. Bir alıntılar kitabı. Karın doyursun diye değil, tadımlık niyetine.

Firarperest

İnsan ki eşrefi mahlukattır, içindeki semavi özü keşfetmekle yükümlüdür. Çıkacaksın yollara, kendine doğru git gidebildiğin kadar.
Keşif boynumuzun borcudur. Kendimizi keşfetmek, aşkı keşfetmek, dünyayı keşfetmek, ötekini keşfetmek...

İskender

Aşkı aramadan evvel düşün bir, ya benden nasıl bir âşık olur? İnsanın sevdası karakterinin yansımasıdır. Sen kavgacı isen, ha bire öfkeli, aşkı da bir cenk gibi yaşarsın. Gönlü pak olanın sevgisi de saf olur.
Şu hayatta insan en çok sevdiklerini acıtır. En derin yaralar ailede açılır. Kabuk tutsa bile kanar hikâye içten içe...

Şemspare

Kararır gökyüzü bazen; kasvetli bulutlar kaplar semayı. Hayatın ritmi durağanlaşır, sohbetler bildikleşir, içimizde birikir yalnızlık hissi. Nasıl özleriz güneşi o zaman, griler içinde aradığımız bir tutam renk demeti. Peri tozu gibi, inceden.
Gönülden yazılmış her roman, her hikâye, her kelime bir şemsparedir... Güneş parçası...

Ustam ve Ben

Elif Şafak'ın tüm külliyatını okumuş biri olarak diyebilirim ki, bu roman yazarın "ustalık" dönemi işlerinden biri. Öncelikle, büyük bir işçilik var içinde. 16. yy İstanbul'unu seslerinden, kokusuna, iktidar kavgalarından, hareminden Hürrem'ine, çok kültürlülüğünden, salgın hastalıklarına, yangınlarına kadar dev bir sahnede, müthiş bir koreografi içinde izliyoruz.

Filiz Aygündüz

Sakız Sardunya

Eğlenceli, eğitici ve öğretici bir kitap. Elif Şafak imzalı bir çocuk romanı. Her zamanki Elif Şafak romanlarından farklı bir dili var. Ama çocuksu bir dille yazmamış. Karmaşık cümlelerden kaçınmış, ama basitleştirmemiş. Çocukların zekâsına ve yaratıcılığına saygı göstererek kaleme almış. Sadece çocuklar değil büyükler de okumalı. Hatta çocuklarla büyükler birlikte okumalı.

Ayşe Arman

Havva'nın Üç Kızı

Ben ne annem gibi dindarım, ne babam gibi kâinatın, beş duyumla kavradığım şeylerden ibaret olduğuna kaniyim. Öyleyse ben neredeyim? Ne mutlak dindarlığa, ne de mutlak akılcılığa dahil olmak isteyenler için bir başka yaklaşım, yeni bir varoluş şekli yok mu acaba? Bir üçüncü yol mesela? Kim bilir?

@shafakelif

elifshafak

@Elif_Safak